木偶的戲劇

邏輯與智商的精采對決，幕後究竟是誰操弄一切？

孫了紅 著

——明察秋毫的私家偵探 vs 狡黠精明的傳奇俠盜——

原本是兩條平行線，分別行走於陽光和陰影中，卻因一樁古畫委託，將
人命運纏繞在一起……霍桑很快收到魯平的「邀請」，並賭上神探的尊嚴
下，不過就是個扒手嘛，世上不存在能難倒自己的案件！

但——那些違反科學的現象是怎麼回事？

目錄

目錄

木偶劇的開場白

在我凌亂的書桌一隅，放著一卷稿箋，因為時間擱得過久，紙色已顯得非常黯淡；彷彿一個老年人，被光陰先生抹上了一重可憐的暮氣。這一卷陳舊的稿箋，記著一件過去的故事，故事中共有三個主角：一個，是私家大偵探霍桑；另一個，是我們那位「搗蛋專家」魯平；還有第三個，他是人而不是人，不是人而硬要算是人，他是Mister「皮諾丘」的哥哥，「郤利」先生的弟弟，說得清楚些，他是一個木偶！這故事發生的時期，距今已有二十年。當時，那兩位主角，年齡都還輕得很，因此，他們的演出，都有一種「衝勁」與「火爆」。再加上我在寫這故事的時候，大概因為抽煙的緣故，在筆底下，也有一點過火的渲染，寫成之後，自己看看，不像是件真實的故事，卻像是篇滑稽小說；甚至，還有點像書攤上的連環圖畫，為了寫得「太高明」的緣故，使我不敢發表它，只怕在發表之後，會使這故事中的兩位主角，對我產生不良的印象。

於是，這篇已寫成的故事，在我的書桌上，一睡就睡下了二十年。

可是，到了現在，為什麼又把這舊貨攤上的東西，拿出來了呢？我有我的理由。

諸位記得嗎？在不久的過去，有一位猶太人高天倫先生，曾在上海提倡過新型的木偶戲。那些沒有腦子的小角色，曾經神氣活現地活躍於都市群眾之前，留下一種新奇的印象。總之，又有我們的一位虞哲光先生，也因提倡這種時髦玩意，而博得好評，說是很富有兒童教育的意味。據一般頭腦靈敏的人們說，在不久的將來，這種新姿態的戲劇，有普及全球的可能。也許有一天，這些木頭做的小英雄，由於時勢的造就，竟會和「華特迪士尼」筆尖下的七矮人，一樣地大走紅，誰能說得定呢？

現代一切，貴乎投機，據說：投機對於發財，很有決定性的效果！如果我的一生之中，還有一個發財的機會，那麼，出於此番靈機一動，也許我已找到這個寶貴的機會！

我趁這未來新型的戲劇，還沒有發展到極度興盛的時候，我一面恭祝我自己，一面急急把這篇《木偶的戲劇》，趕快拿來發表！——這是我的「投機」。

有一件事我想預先說明：在我這篇《木偶的戲劇》中，並無所謂兒童教育的意味。因為，在我寫這篇東西的時候，我自己的年齡，還很和兒童接近；自己是個兒童，當然不能戴上一副「哈哈笑」而高談起教育！你想是不是？其次，在我這篇《木偶的戲劇》裡，也並不會加入「文明戲老生」的正義感；至於「意識」等類高貴的東西，你即使用顯微鏡，也決計無法找到！總之，我只能供給你一個頗為有趣的故事，讓你暫時無法睡，如此而已。

我這裡虔誠而惶恐地，先向幾位思想前進的先生們鄭重聲明。至於賞光與否，只好「任從客便」。

以上是幕外的道白，以下方是《木偶的戲劇》。

第一幕　譏笑他是一個木偶

第一幕　譏笑他是一個木偶

在一個仲春天氣的早上，愛文義路七十七號——私家大偵探霍桑的寓所——一間清潔明朗的憩坐室裡，霍先生和他那個片刻不離的「包朗」，面對面各自占據著一張沙發，正在閱讀晨報。

在本地新聞欄裡，有一節可注意的新聞，潛進了包朗的眼角。這新聞所占據的地位，只有兩個煙盒那麼大；可是四周卻加著一圈花邊，顯出其性質的不平凡。這新聞的標題是：〈私家大偵探霍桑：負責保護吳道子名畫〉。

內容大致說：

宣傳已久的中國歷代古畫展覽會，將於下星期一起，假座東方大商場五樓畫廳隆重揭幕。這一空前的盛舉，其展覽品包括宋、元、五代、明、清諸大家的精品，計共五十餘種。內有唐代吳道玄（按：即吳道子）所畫佛像一幅，更為世界聞名的奇珍。此一畫件的真價，在現時已無從估計。由於它的價值驚人，故已引起多方面的注意，風聞本地某一著名匪黨，竟公然聲稱：對於該畫將有計畫地掠奪。該畫的持有人，係華北古畫大收藏家韓祺昌氏，現已委託私家偵探霍桑，於展覽期前後，為之妥密監護。憑霍氏過去的聲望，想必能阻止宵小蠢動，而不致再有意外發生了……

年輕的包朗，讀完這一節新聞，一種輕微的不快，立刻襲進了他的心。過去的習慣，凡是愛文義路七十七號中所接受的種種事件，大之，如一艘兵艦的走失，小之，如一枚蒼蠅的被謀殺，任何事情，霍桑從未瞞蔽過包朗，唯獨這一事件，霍桑在事前，竟不曾提起過半個字。為什麼要把這消息，封鎖得如此嚴密呢？並且要祕密，就該祕密到底，為什麼又讓報紙把這消息刊布出來呢？難道報紙上可以刊布的事，竟不能讓自己知道嗎？

年輕的包朗，認為這一件事，有點「不勝遺憾」……在不勝遺憾的後面，當然是要「提出抗議」了。他放下報，剛要向霍桑詰問，不料他一舉眼，霍桑卻已不見，對面只剩下一張空椅。

就在這個時候，門外傳來了一陣電鈴聲，停了停，只見施貴走進來說：「有一位來客，等在會客室裡，要會見霍先生。」

「你沒有看見霍先生嗎？」包朗感到有點訝異。

施貴只搖搖頭，自顧自退出去。

霍桑既然不在，包朗成了當然的代表。於是，他匆匆走出房去，去會那個來客。在會客室裡，包朗看到一個大袍闊服的紳士，雙手拄著一支彎柄的大手杖，背對著自己，在賞鑑壁上的一幅畫。一個黑色的公事皮包，放在他身旁的小桌上。此人留著連鬢大鬍子，藍袍子，黑馬褂，好像剛從證婚席上走下來。

包朗驟眼一看此人側臉，幾乎忍不住要喊：「啊！于右任先生！」

但是，當這來賓聽到聲音而突然旋過臉來時，包朗方始看清此人的臉龐，較之那位大畫家于右任先生瘦削得多。他端整而白皙的臉上，架著一副闊邊的墨晶大眼鏡；他禿著頭，並沒戴帽，從頭髮上可以看出他的年齡，大約已有五十歲。

此人一開口，馬上給包朗不良的印象！

「喂！你就是霍桑嗎？」來客掉過頭來，向包朗這樣問。他在霍桑二字之下，遺失了「先生」二字的稱呼；他的應有的禮貌，似乎因為行事匆匆而遺忘在他府上，沒有帶出來。

「你——有什麼事情要找他?」由於來客的語氣,那樣的傲慢無禮,使我們這位年輕氣盛的包朗,忍不住也把「先生」二字,努力地吞嚥下去,只將一個「你」字,拖得特別長,說得特別響!

「你不是霍桑嗎?你去把霍桑叫出來!快點!」

這位大架子的貴賓,始終吝惜著「先生」兩字尊稱,尤其他的嗓音,非常渾濁刺耳,好像在最近,曾患過最嚴重的流行性感冒,還沒有復原,他一面命令包朗,一面還把他的手杖,叩得地板咯咯有聲,表示他的不耐煩。

來客這種態度,在包朗的目光裡,卻是一個新奇的紀錄。總之,自有愛文義路七十七號以來,從不曾走進一個人來,會有如此「溫柔」的態度!依著年輕的包朗素性,恨不能立刻伸手,在他臉上拋上五顆小小的手榴彈,以膺懲一下他的無禮!可是,他想了想,終於忍住一口氣,他說:「好!你——等一等,讓我去找他!」

他把身子僵硬地旋過去,準備去把那位「主角」找出來,應付這位溫和的來客,剛一轉背，只聽有個熟稔的聲音，譏刺地說道：「喂！不必費心！我在這裡呀！」

包朗急急掉過頭來，一眼望見那個已「割鬚」而尚沒棄袍的霍桑，手拄著那支討厭的大手杖，一手抓著假鬚假髮和那副墨晶大眼鏡，赫然就站在他的身後，正在向他笑！

這一套完全出乎意外新鮮的小戲法，使包朗的一雙眼珠，瞪得像龍眼那樣圓——至此，他方始看到霍桑的臉上，明明留有化妝筆的刻畫，但先前，他竟完全沒有看出來——他呆住了！

只見霍桑放下那支手杖，伸起一個指頭，敲敲自己額角，還在向他微笑，包朗誤認為霍桑這種可惡的舉動，是在譏笑他：像一個木偶！他的臉上，不禁頓時飛上一層怒紅。

霍桑整理了一下他的戲劇道具，他向包朗說：「喂！你為什麼不像我一樣，去找一副眼鏡戴一戴？」他一面調侃他的年輕同伴，一面舉步回憩坐室。包朗默默隨在他身後，二人依舊坐回原位，相對坐下。

霍桑望望包朗那張悻悻然的臉，笑問：「你是不是以為我這舉動，有點無聊？」

包朗凝視著霍桑那件馬褂上鮮明的瑪瑙鈕扣，搖搖頭。

霍桑向他解釋道：「你聽我說，在最近，我擔任了一項任務。我必須在大庭廣眾之間露臉，而又不能讓大眾認識我，因此，我只能仿效一下那些名人們的方法，暫時在我臉部，表演一點戲法。戲法貴乎不被拆穿，因此，我在後臺，先試一試自己人的眼力。」

霍桑說畢，包朗沉下了臉，不置可否。一來，他不能掃除他被譏為木偶的羞慚；二來，他還留著讀報時的不愉快。

只聽霍桑繼續說道：「至於我所擔任的事，當然你還不知道，現在讓我告訴你。」

「我不知道？」包朗把眼梢飄向那張報紙說：「我為什麼不知道？」

「你知道的是什麼事？」霍桑的眼光亮起來。

「是不是吳道子的那幅畫？」包朗說。

「咦！吳道子的畫！」大袍闊服的霍桑，幾乎要從椅子裡跳起來。過去，他神奇的演出，曾使包朗感到錯愕。而此刻，包朗的話，卻使他感到驚詫。他慌忙問：「誰把這件事告訴你的？」

「哈哈！」包朗忍不住揚聲笑起來說：「真奇怪呀！你的事能讓千萬人知道，而單單不讓我知道，這是什麼理由？」

「我完全不懂你這話的意思！」霍桑愈加訝異。

包朗不答，他把那張報紙遞過去，並把那圈花邊指出來。

霍桑接過這報紙，眼光很迅速地落到了包朗所指的地方。他把那節新聞讀了一遍，他經過人工裝修過的臉上，顯露一種非常困惑的神情。最後，他往椅子的靠手，猛拍了一下說：「嘿！可惡！」

單看霍桑這種態度，可知報上刊出這種消息，連他自己也還不知道，包朗不免感到訝異，忍不住問：「你沒有把這消息，讓報紙發表嗎？」

「我憑什麼理由，要讓他們發表這消息呢？」霍桑含怒反問。

「會不會是你委託人，有意把這消息透露出去的？」

「我同樣要問，他有什麼理由，要把這消息透露出去呢？」

「也許，他們想要借重你的名字，嚇退那些匪類。」

霍桑的目光，正自空洞地望著遠處，似乎並不理會包朗所說的話。於是，包朗又笑笑說：「那些道士捉妖怪，你見過沒有？他們穿著法袍，一手執盂，一手執劍，喝一口水，向空中噴去，喊一聲『霍！』——這些妖怪聽到這個霍字就頭痛。於是……」

霍桑聽他的同伴這樣打趣，他把視線收回來，粗暴地說：「我勸你，少說這種無聊的話！我想，你對這件事的情形，還完全不知道。」說時，他把手指的骨節，捏出一種咯咯的聲音。又道：「這新聞中所指出的匪字，你知道是誰？」

由於霍桑的語氣，顯得相當鄭重，使年輕的包朗，不得不收起俏皮的臉色而靜待對方的後文。

只聽霍桑問道：「有一個自稱為『俠盜』的傢伙，你知不知道？」

「魯平？」包朗應聲而說，他像提到一條響尾蛇！

「你也居然知道這個名字？」霍桑說。

「據我所知，他是一個新出道的獨腳強盜。但一般人，對他有一些神奇的傳說。」

「是啊！」霍桑點點頭說：「最近有人，替他取了一個神祕的綽號，叫做：『第十大行星』！」

「第十大行星？」包朗搖頭，表示不懂。

霍桑解釋道：「我們都知道，在我們太陽系中，除了九大行星之外，還有第十大行星的存在，但是，截至目前為止，世上還沒有一個人，能具體說明這顆行星的真面目，這是這個新奇綽號的解釋，你明白沒有？」

包朗望望霍桑那張嚴肅的臉，覺得不像是在說笑，他並沒有接口。

「我猜想，」霍桑繼續道：「報上的消息，也許就是我們這位俠盜先生搞的鬼。」

「他的用意何在呢？」

「我不知道。」

「他想劫奪那張畫嗎?」包朗問。

「看起來如此。」

「你從哪裡得到這消息?」

「我把全部的情形告訴你。」霍桑說:「我們那位委託人——韓祺昌——據報上所載,他是一個華北的收藏家。實際上,他是一個住在南京的寓公。他持有那幅吳道子的畫,已有十多年之久。最近,有許多人,懷疑他這幅畫,並不是真跡,這使他感到很不快。因此,他久已想找一個機會,把這幅無價的實物,公諸識者之前,以博取一個確切的評價,這是他參加這一次展覽的動機。不料,他在剛下火車的第二天,他就接到一封信——」

「是那俠盜先生給他的信嗎?」包朗插口問。

霍桑點點頭,他說:「那封信,寫得很客氣。那位俠盜先生在信上說明,他是一個愛好古畫的人,久已慕名那幅吳道子的作品,因此他想向那畫主人暫借幾天,以便細細的賞鑑，信上還說：這幅畫，既是無價的東西，他希望畫主人把它包裝妥帖，放在寓所裡面，等候他來親自領走。你想——」

包朗聽到這裡，幾乎忍不住要失笑，暗想：「唷！好風涼而又漂亮的口氣！」他忍不住問：「依你看來，他這一張滑稽的支票，會有兌現的可能嗎？」

霍桑整理了一下他的藍緞長袍衣襟，似冷笑非冷笑地皺皺眉，說：「事情的確太滑稽！如果他『親自領走』，真的成了事實，這豈不近於神話嗎？」

「不止是神話，也是件大大的笑話了！」包朗這樣補充。

「但是——」霍桑忽然沉下臉，堅決地說：「過去有幾件事，會證明這樣一個新鮮的角色，他所開出的支票，並不會從銅欄杆裡退回！」

包朗聽霍桑說，他以一種困擾的眼色望望霍桑的臉，說：「如果我們這位俠盜，真想劫奪那幅畫，他為什麼又要寫那封信？」

「誰知道呢？」霍桑含慍地說：「無論如何，這裡面，必然有些詭計，那毫無疑義——而且，我們那委託人，他所住的地方，有點不妥當。」

「他住在什麼地方，你認為不妥當。」

「東方大旅社。」

「他為什麼要住在這種地方？」

「據他告訴我，他從跨下火車，不曾讓那幅畫，離開過他的視線，而這一次的展覽，有五天的期限。他認為他的寓所，若能和展場在同一地點，似乎妥善點。」

霍桑說時，他從他的藍緞長袍裡，掏出煙盒，取出一支他所抽慣的白金龍，正待取火點燃，想了想，忽然把那支紙煙，重新放進煙盒，另外卻掏出一支雪茄，把它燃上了火。

包朗在一旁，看著霍桑這種小小的動作，不禁暗暗點頭，向他露出一個會心的微笑。

一個寧靜的上午，在這兩位青年偵探家的談話中，輕輕溜走了小半天。這時，日影已在窗簾上面爬得很高，光線射到霍桑身旁的那副墨晶眼鏡上，閃出了灼灼的光華。霍桑勒起他的寬闊衣袖，看了看手錶，他省覺似地說：「我必須走了。我曾和他約定，十點鐘到東方去看他，和他談一談。」

說完，他把那些小小的布景，假鬚假髮之類，重新搬上他的臉。霎時間，我們這座小小的舞臺上，不需要鑼鼓的幫忙，轉眼已變換了局面。裝點已畢，他從那個黑色的公事包內，拿出一面鏡子，他像一位漂亮的少奶奶，使用她的撲粉小盒子那樣，在小鏡子裡左顧右盼，等盼到她自己認為完全滿意時，才把那面鏡子放下來。

在鏡子重新放進皮包時，我們這位年輕的大偵探，已完全換上了一副中年人凝重而滯緩的姿態。他的扁背各部，有些說不出的異樣。尤其，他的一聲咳嗽，已臻於化境，足以使舞臺上的任何演員們，自嘆不如！包朗看到同伴這種突如其來的神奇轉變，既感到興奮，又感到欽佩。於是，他忍不住問：「我的任務呢？」

霍桑拖著那支彎柄大手杖，已經跨出憩坐室。他回過頭來說：「你沒有掩蔽，還是躲在戰壕裡。」

兩人一前一後，穿過了施貴迷惘的視線，直達寓所的門口。背後的包朗，看著霍桑這種蹣跚的步子，他心裡想：在他的記事冊上，又將增添光榮的一頁，這樣想時，他也沾染上了那些近代宣傳家的毛病，他忍不住高喊：「啊！勝利終是屬於我們的！」

我們這位紳士，並不回答包朗的話，他只略略旋轉頭頸，稍微點一點頭。

門口有一個乞丐，和幾輛街車，看見一位氣宇不凡的紳士走過來，他們認為這當然是主顧，都從不同的方向爭奪而前，準備兜攬生意。可是我們這位老紳士，卻搖著他的手杖，並沒有理會。

這裡，包朗呆呆望著這一個新奇的背影，直至不見，方始回進他的大本營。

第二幕　木偶在櫥窗裡跳舞

霍桑從七十七號出來，沿著愛文義路，一路走著不習慣的腳步，穿過了幾條橫路，在將近走到派克路口，忽有一件不相干的小事，阻止他前進。

在馬路中心，他看到一個小孩，伸著兩條小臂輪流抹著臉，獨自在哭泣，這小孩的年齡，估計至多不過五六歲。衣衫很整潔，一望就能看出這是一個在家境中等以上成長的小孩，這裡的地點，已在愛文義路的中段，往來的車輛相當多，一個稚齡無知的孩子，站在這種車馬紛馳的地點，那未免太危險！這孩子為什麼無人看護而會獨自站在這馬路中心哭泣呢？他是迷路了嗎？當霍桑正訝異忖度時，一個急驟的喇叭聲，已在九公尺外像虎嘯那樣的飛吼過來！而這孩子卻還伸手掩住了臉，全無察覺。

熱心的霍桑，來不及再考慮長短，他慌忙單手提著皮包與手杖，放棄了紳士的步法，而急驟地奔到路中心，把這哭泣著的孩子，拉到了人行道上。

在人行道上，霍桑掏出自己的手帕，溫和地替這孩子拭乾了眼淚，他看出這孩子長著一張非常惹人喜愛的臉；尤其，一雙烏黑的小眼，更顯得聰明。這時，這孩子既收住淚，目灼灼地仰視著霍桑的鬍子而顯露一種親密的樣子，並不像一個普通的小孩那樣，看到了一個陌生的面龐就害怕。

由於這孩子的狀態太可愛，使霍桑攙住了他的小手，忍不住柔聲問：「你為什麼哭，誰欺侮你？你的同伴們呢？」

「我要去看。」這孩子活潑的眼珠，仰射著霍桑的大圓眼鏡而這樣說。

霍桑不明白這孩子所說的是什麼。他只覺得這樣一個孩子，他的家人們一定不會容他單獨在馬路上亂闖。也許，他和家人們失散而迷了路。他既發現了這事，覺得有必要把小孩送回到他家裡。於是，他又低頭柔聲地問：「你的家在哪裡？告訴我，讓我送你回去。好不好？」

「不！」孩子指指馬路的對方，他仍舊說：「我要去看。」

霍桑順著這孩子所指的方向而遠遠地看時，只見馬路的斜對面有一家小小的店面，窗前正擠著一堆人，在那裡看熱鬧。似乎這地方正有什麼足以使人迷戀的東西，黏住了許多人的腳步。

當霍桑的視線跟隨那枚小小的手指而飄向那個人群中時，這孩子還在牽著他長袍的衣角，連嚷著要去看。

出於這小孩的狀態太可愛，也由於我們這位大偵探家，一向很喜歡孩子們，使他覺得有些不忍拒絕這孩子的要求。而主要的是他在想：也許，在馬路對面的那個臨時人群中，孩子的監護人在那。在那裡，他可以讓這孤單亂闖的孩子，由他的家人們領去，而卸去自己這種不必要而又必要的責任。

好，就陪他去看看吧。

霍桑把他的手杖換握在左手，公事包挾在了肋下，空出右手，他索性把這孩子提抱起來，敏捷地——當然不復再是紳士性的步法——穿過往來車輛的隙縫，而直達馬路對面。

走近這人叢，霍桑才看出這裡是一家西裝成衣鋪，鋪面只有狹長的一開間，可是裝修整齊而悅目，一群忙中有閒的人們，正在這小店面窗前，砌成了一架圍屏。

這裡有什麼新奇東西，能吸住那麼多人的腳呢？

一看窗內，孤單地，矗立著一個高大與人相等的西裝木偶——這是一座在這鍍金大都市中，最容易看見的專供穿上體面衣衫而在人前擺姿態的「衣架」——一副「Smart」的樣子，「活像一個人！」

呵！一個「虛有其表」的木偶，有什麼好看？

但這一位木偶先生，的確有點特殊。平常的木偶，似乎由於他們不知自己只是一個「衣架」，所以，他們一旦地位站得高一些，或是偶爾衣服穿得漂亮了些，他們老是神氣活現地面對著一切人！而眼前這一個木偶，他還有些「自知之明」，他似乎還知道自己只是一個「脫掉帽子，沒有腦子」的東西。因而他有點怕羞，只將背部向著人。

「咦！這一個木偶，為什麼臉對著裡面呢？」霍桑心裡，這樣不經意地想。

只聽人叢中有人在說：「看吧！他馬上就會旋轉身子來。他的臉，滑稽得很咧！」

被抱在霍桑臂間的孩子，聽到這樣說，他把他的身子微彎向前，意思是要霍桑走向前些，可以看得更清楚些。霍桑無奈，只得在人叢裡擠前了一步。

果然，只一轉眼，這木偶開始了有趣的動作，只見他的身子，像一個初學舞的人們那樣，把身子僵硬地旋過來。霎時，他已讓圍觀的群眾，看到了他的正面全部輪廓，他的面貌，的確相當滑稽。

這木偶還有一些其他與眾不同的地方。

平常，凡屬成衣店內高供著的木偶，他們負有廣告的使命，他們總是揀選最合身最入時的衣服穿在身上而招搖上市。至於眼前這位木偶先生，他太老實啦！相反的，他所穿的，竟是選擇了最不合身的一套：上衣，顯得臃腫無度；而褲管，很像兩條乘過涼的油炸膾。那套衣服既不簇新，且並不合乎眼前的時令。總之，如果他是一個聰明的木頭人，也許他能想到：穿上這種不體面的「肥皂西裝」，那一定會使那些燙著捲髮畫著眼圈，塗著口紅，染著蔻丹，踮起了銀色高跟鞋而站在先施永安櫥窗裡的新時代的異性木偶們，不再對他丟眉做眼，那是無疑的。

由於這位木偶先生的衣服，穿得不稱體，使我們這位年輕的霍桑先生，立刻有了一點敏感的反應。因為，他已想起，自己身上的那套大袍闊服，實在也有點不合身。

這木偶的年齡——如果給他一個年齡的話——約莫是三十五六歲。光著頭，不戴帽子，唇上有一撮卓別林式的小黑鬚。鼻尖很高，頗有Mister「皮諾丘」的風度。此外，他頸子裡，還拖著一條耀眼的紅領帶。

由於這木偶的年齡並不年輕，他的一隻耳朵上有些油漆已經剝落。似乎他的主人，怕他發生濃化，因此在他的耳輪上，特地貼上了一小方橡皮膏，約有指面那麼大。

凡此印象，都在我們這位老紳士的黑眼鏡裡，很不經意地輕輕滑了過去。

以上，便是我們這位中國籍的Mister「皮諾丘」的全貌。總之，除了他會模仿旋舞以外，卻也別無出奇之處。這也值得破費寶貴的時間，而駐足圍觀嗎？

「上海人真是太忙也太閒。」霍桑這樣想。

但那孩子卻很高興地說：「你看呀！他的鬍子短，你的鬍子長：長鬍子好看，短鬍子真難看。」

他一面說，一面天真地伸手撫弄著霍桑的面頰。

霍桑慌忙偏轉過臉去，他怕一不小心，會當場變出「返老還童」的魔術，只聽這孩子還在起勁地向他問：「你看，這一個木頭人像誰？」

「我不知道。」霍桑只好搖頭。一面他的眼珠向四周搜尋，看看這人群裡，有沒有人找尋這孩子，他好交卸責任。

「讓我告訴你吧！」孩子說：「他像那部電影裡的壞蛋。在上一集裡，那個壞坯子，已經跌進了水牢。」

「哦！」霍桑見並沒有人來找這孩子，他的眉頭，不覺漸漸皺起來。

「你看看像不像呀？」這孩子只顧天真地追問。

「像嗎？我看不出。」霍桑心不在焉地隨口回應，他一心想要找到這孩子的監護人，以便引身而退。

「你說不像嗎？交關象。——你沒有看過那部電影嗎？」孩子固執地，堅持著他的小意見，又補充說：「那部好看的電影星期三要換下集。我們在電影上映的日子就要去看——你要去看嗎？」

「哦！我也去。」這時，霍桑的眉毛皺得更緊。他覺得他已為他自己找到了一個相當大的麻煩。抱著這個不相識的孩子，怎麼辦呢？除非，向他問明地點，親自把他送回去。可是自己眼前還有更重要的事。

正在為難，忽聽得身後，陡有一個尖銳而帶驚喜的女人的聲氣在喊叫：「哎呀！我的大人，你要嚇死我了！」

那是一個穿青布衫，壯健的中年女傭，從人叢裡伸出兩條結實的手臂，簡直不等霍桑看清她的面貌而已經像猛虎奪食那樣，隔手把那個孩子奪了去！

那個女人喘著氣，以一種絕對不信任的惡意眼光瞅著霍桑，好像說：「這孩子怎麼會讓你抱著？」又以一種責怪的眼光再望望那個孩子，好像說：「你怎麼會讓這個不相識的傢伙抱著呢？」

這女傭的緊張臉色，並沒有絲毫影響孩子的嬉笑與活潑。他雖被那女傭硬生生地抱走，卻仍以一種留戀的眼光，遠遠望著那個櫥窗裡木偶，一面也以同樣的眼光，時時回顧霍桑。

這裡，霍桑目送著那女傭抱著這可愛的孩子，從人行道上漸漸走遠，他還聽到這孩子在問那個女傭：「那個木偶像不像那部電影裡的壞坯子？」他也隱隱聽得這女人尖銳的聲氣說：「壞坯子已經上當了。」

第三幕　木偶逃出來了！

這一件意外發生的小事件，使霍桑意外破費了寶貴的幾分鐘。看看手錶，已達十點十七分，這已超過和韓祺昌預約會晤的時間，不得已，只得放棄了素來的習慣，急急跳上一輛人力車，而直達南京路中的東方大旅社。

那位著名的古畫大收藏家的寓處，在這大旅社的三樓，號數是三百四十九號。霍桑跨出電梯，小心地踏著紳士步伐，他走到這三百四十九號門前，像昨日一樣，在門上輕輕叩了四下。

彈簧鎖的旋轉聲中，這房門輕悄地開成了一條線。在一個不滿五寸寬的狹縫中，有一個狐狸那樣機警的臉，很謹慎地向外窺視了一下——這是那位古畫收藏家的貼身侍役，名字叫做徐模，一名典型的蘇州青年——狐狸那樣的臉，向外一探，只見門外站著一個身材相當高大的戴眼鏡的大鬍子。一手提著公事皮包，一手還拄著一支粗粗的手杖。一個完全不認識的人！門縫裡的臉慌忙退了好幾寸。

「你找誰？」這蘇州聲氣匆匆問了一聲，隨手就想關門。

過去四十八小時中，這一間三百四十九號的房間中，好像已被什麼駭人的東西，撒進了一些駭人的空氣，使我們這位面目一新的霍桑先生，幾乎無法越過這一重森嚴的門禁。最後，還是由霍桑搬掉了他臉上的一些小布景，而又放出了本來的聲音，他方始在這蘇州朋友驚疑不止的視線之下，得以自由穿過這一道奉命警備著的哨兵線。

這位古畫大收藏家，久等霍桑不來，正非常不安，在這一個靜靜的上午，有兩整支的雪茄，已在內心焦灼的火線之下輕輕燃成了灰。而眼前，又伸手取到了第三支。他是一個年近六十歲精神健朗的老者。同字臉，八字鬍，白皙的皮膚，光滑的頭髮，都顯出他平日生活的優裕。只是，他的一雙略帶近視而又精於鑑別的法眼，像他的蘇州僕役一樣，隨時隨地，都在向人閃射多疑的光。當時，他看到一個矯捷靈敏的私家大偵探，竟一變而為大袍闊服滿面濃鬍的博士，他吃驚地幾乎要叫起來，但是，當他把他善於鑑別真偽的眼光，驗明了這私家大偵探的正身無誤時，方始透出了一口十多磅重的寬懷之氣。

「哎呀！霍先生，你來的這麼晚！」他埋怨似地說。

「不錯，我來遲了二十分鐘。」霍桑看看手錶，抱歉地說，他撫摸了一下人工的鬍子，彷彿在說明：為了化裝，以至耽誤了預約的時間。

「我又接到了一通電話！」這收藏家失驚地說：「這是第二通電話了！」他把詢問的眼光，望望他的蘇州僕役，又說：「那是在八點半鐘打來的？」

「又是他的電話嗎？」霍桑在這位收藏家的對面坐下，取出一支雪茄，鎮靜地點燃。一面問：「他在電話裡，又有什麼高論呢？」

「像上一次一樣，一開頭，就直接痛快，說明他是魯平——他勸我客氣些，還是把那張畫，趕早包裝妥善，等他親自來取，免得雙方破臉！要不然——」

「要不然便怎麼樣？」霍桑又好氣又好笑，不禁猛吐了一口煙。

「要不然嗎？他說，他已準備了十二條半計策，要來搶奪這一幅畫！」

「十二條計策之外，居然還有半條？」霍桑從他的大圓眼鏡片中，望望對方那張充滿驚訝的臉，他真忍不住要失笑。

收藏家又說道：「他說，他的計策本來共有十三條，其中一條比較不好，所以只好算半條。」

「妙計竟有這麼多，他是不是已新開了一家專造計策的工廠？」霍桑見這大收藏家神情惶迫得可憐，他故意把自己的態度，裝得特別坦然。

「而且——」韓祺昌急急連下去說：「他還告訴我這十三條計策，其中有一條，眼前已經開始進行，並且進行得很順利，差不多將要成熟了。」

「哦！」一縷淡淡的煙，從這大偵探的假鬍子裡漏出來。

韓祺昌見霍桑全不重視他所說的話，不禁特別著急，他像喚醒對方瞌睡那樣高聲地說：「你看，我們該怎麼辦？」

「有什麼怎麼不怎麼辦，」霍桑依然很冷靜，「到了展覽的日期，你把你的畫掛出來，等到展覽完畢，你把你的畫收起來。此外，還有怎麼辦？」

「哦！有這麼太平嗎？」

「一切有我！」霍桑抛掉煙蒂，理理他的假鬚。

我們這位年輕而著名的私家大偵探，這時雖盡力安慰他的當事人，可是，對方這一個多疑的老者，卻依然感到不能釋然。他想了想，又說：「你不知道那個傢伙的綽號嗎？他——」

「我知道，」霍桑不讓對方說下去：「他的綽號很多——但是，綽號並不能當炸彈，把這個綽號拋出去，也不會發生嚇小孩的聲音，是不是？」

「不過，我最近還聽有人說起——」這位收藏家依舊固執地說：「這個傢伙，他有一個怕人的綽號，叫做『看不見的人！』我聽說，他在上海搗了好幾年的蛋，從來沒有一個人，曾看到他的真面目！甚至，我還聽說，在他手下，有一千多個黨羽，但是他這一千多個黨羽們，也從來不曾看到他們的首領，是個怎麼樣的人？你想——」

「哦！你以為看不到他的人，就很可怕嗎？」霍桑忍不住揚聲發笑，笑得假鬚都在顫動，他說：「人雖看不見，影子總該有一個，只要他還有影子，我就要把他的影子抓過來，賞他吃些雪茄。」

「唶，霍先生，你不要專門說笑！我很怕！」神經過度的韓祺昌，滿面憂慮而搖頭。

「你怕什麼呢？」這位青年的老紳士，理著他長而濃的美鬚，幾乎感到不耐煩。

這大收藏家暫時不答，他把他略帶近視的法眼，飄到了房中一個大衣櫃上，霍桑知道，在這大衣櫃裡，鎖著一個特製狹長的手提皮夾，皮夾裡就放著那張唐代的稀世傑作。這是這位大收藏家半條以上的命——差不多是寢食不離的東西——他似乎害怕那個所謂「看不見的人」，會用了什麼隱身法，神不知鬼不覺地混進這一間大旅館，把他的半條性命劫奪去，這是他憂慮不安的原因。

霍桑從黑眼鏡裡，看著這一位憂鬱症患者，覺得無法可想。他只得說：「既然這樣不放心，你為什麼不把你的寶物，暫時寄放在銀行，或交託旅館暫時保管？這樣，你的責任豈不就輕一點？」

「但是——」大收藏家眼望著衣櫃，遲疑地搖搖頭。

「這也不妥，那也不妥，那只有一個方法——」霍桑把視線送到室隅那個像一座木偶那樣，呆呆矗立著的蘇州僕役的身上，而滑稽地說：「那只有請貴管家，搬一張椅子，靜靜地坐在這衣櫥前，再讓貴管家睜著眼，靜靜地看著這扇櫥門，這樣，大概總是千妥萬穩了！」

他說時，想起在京劇中有一齣戲，叫作「盜銀壺」，那柄銀壺的主人，為了怕這銀壺被盜，便讓一名大眼睛的小廝，眼睜睜地望著那柄銀壺而不許眨眼，這種滑稽的方法，想想真是非常可笑！現在，自己說出的辦法，如果真的做起來，豈不和那齣戲劇中幽默的演出，完全相同嗎？

霍桑看看那個狐狸臉的僕役，再想想那柄「盜銀壺」中大眼睛的小廝，他無可遏止的笑聲，幾乎要從他的假鬍子間放縱出來。但結果，他終於收起了他的笑容而向他的當事人正色地說：「最要緊的一點是，從現在開始，你不要讓任何陌生面目的人，闖進這間屋子，我們不妨靜靜地等待，且看那位看不見的俠盜先生，將用什麼方法，從黑暗中伸出他的神祕雙手來，『親自領走』這幅畫。」

霍桑說著，他從椅子裡站起來，又用一種有力的聲調，安慰這位收藏家說：「你放心吧！你的畫，是你的生命，也是我的名譽，我不會讓人家把我的名譽搶劫了去！現在，有一點小事，我還要去查一查。」

說完，他不等他的當事人再發言，拎起皮包，抓起他的大手杖，聽他咳嗽一聲，便又拖著紳士而滯緩的步伐，從四條遲疑的視線下，悠然離開了這間空氣緊張的屋子。

走出三百四十九號房間以後，實際上，霍桑並沒有遠離這大旅社，這一個剩餘的上午，他在進行一種小小的工作，他的工作，是暗地調查這間旅社中的旅客入住簿。他對三樓以上最近的旅客，相當注意；尤其，他對鄰近三百四十九號的幾個房間，更密切用心；但結果，他並沒有獲得他心目中所謂可疑的「線索」。

下午，繼續密查了一會兒，便悄然走進一間房，他以暫時休息的姿態，等著這事件的自然發展，他走進的房間，並不是那位收藏家所住的三百四十九號，而是距離三個房間以外的三百五十二號——這是隔夜他所預定的一間。在這裡，我們這位具有雙重人格的老紳士，燒上一支煙，一面休息，一面靜靜地思索。

他想：光天化日的時代下，一個盜匪，要劫奪人家的東西，在事前，他會把他大駕光臨的消息，通知事主知道。像這種滑稽的奇事，好像只有在小說或電影中才會有，在自己所遇的實例上，似乎很少先例。

那麼，這一次，這一位俠盜先生，真的會實踐他的話嗎？

如果這一張支票真的兌了現，如果那張古畫這一次真的在這種情形之下遭了劫奪，那豈不是成了一種不可信的奇蹟了嗎？

難道世上真有什麼不可信的奇蹟會突然發生嗎？

那位俠盜先生，將用什麼方法，完成這種奇蹟呢？難道他真有十二條半妙計嗎？

霍桑愈想愈覺好笑，肚裡的好笑積得太多，他幾乎快要將笑聲噴放出來。但是，他還沒有笑出來咧！第二個念頭連著想：根據警探界的傳說，那位「最近上市」的「俠盜」先生，過去，的確曾使他們服用過量的阿斯匹靈與頭痛粉，那是事實咧！

「喂！還是不要太大意！」霍桑暗暗規勸著自己，他終於沒有笑出來。

一個下午，在大偵探欲笑不笑地尷尬狀況之下度過了。

這天夜晚，霍桑從自己的房間裡走出來，在甬道裡，看到一個穿學生裝的短小精悍的青年，揚著臉，在窺望三百四十九號門上的牌子。那人的神情，很有點鬼祟。

霍桑心裡一動，一眼望向這甬道中數步之外，裝有一架電話。於是，他裝作若無其事，走向那架電話機之前，他一面報號數，一面從墨晶眼鏡裡面歪過眼梢，留意這青年的動靜。

那個青年似乎並沒有覺察有人正在注意他，他只顧在這三百四十九號的門口，來，去，去，來，走了兩三遍，看樣子，好像正在窺探這三百四十九號的門口裡，有沒有人走進來。最後，看他露出一些失望的樣子，卻向甬道的那一端走了過去。

霍桑認為這人的行動，很有可疑。等他走了幾步，急忙拋下話筒，暗暗尾隨。

那人從樓梯上走下來，霍桑也從樓梯上遠遠跟下去。

走到底層，這裡是這一座巍巍大廈中一個熱鬧的中心點。這時，四下華燈掩映，都市群眾吃飽了晚餐，正上夜市的時候。出入者眾多，霍桑還保持著紳士姿態，行動略一遲疑，眨眨眼，卻讓那個形跡可疑的傢伙，一溜煙地漏出了他的視線。

在這種情形之下，霍桑覺得要找那個人，事實已不可能。他姑且舉步，向前面一間撞球館走去。

在那空氣熱鬧的撞球館裡，有許多人在活躍地舞弄他們的球桿，如果霍桑還是平常的霍桑，他可以參加這個弄桿集團，和大家玩一下。但是，眼前他不能。以一個典型的舊式紳士，加入這種遊戲，未免有點不相稱。他在這球桿林裡面呆站了一會，細看，覺得並無什麼可注意的人物，於是，他仍以紳士的步伐走出了撞球館。

隔壁是一間附設的咖啡座，可供旅客們吸煙與憩坐，或是喝些飲料。霍桑選擇一個位子坐了下來。他以早晨對付包朗那樣的傲岸姿態，支使著那些侍者們，引得許多視線，都向他的大袍闊服上看過來。但是，沒有任何一雙眼，能看出濃鬍子背後的真面目。

坐下不久，有一件可異的事情，閃進了他的眼角。這事情非但可異，簡直有點駭人——而且，可以說是非常駭人！

在距離他的座位不到三公尺遠的地方，靠壁一個座位上，坐著一個穿西裝的人，在那裡看報。那個人的坐姿，與其說他是坐，不如說他是躺。他的上半身，全被一整張展開著的報紙所掩而看不見。兩條腿展成八字形，腿上所套的一條西裝褲，皺而又舊;其應有的筆挺線條,似乎在前半世紀已經消失。而下面一雙具有歷史性的皮鞋,其尺寸之偉,卻大到了驚人的程度。

以上是霍桑在無意中對那人的第一個特異的印象。

一個橫著身子看報紙的人,穿的是一條舊褲,和一雙大皮鞋,論理,這也並無絲毫可異,是不是?可是,在第二瞬間,那個傢伙偶爾放下報紙而把他的尊容映射進霍桑的視網膜時,霍桑的一顆心,卻像被一具彈棉花的東西彈了一下——他吃了一驚!

他一眼看到那張特異的臉,真面熟啊!是在什麼地方曾經看過的呢?

由於這件事的離奇,除了出人意想之外,還使霍桑在最初的三秒鐘內,完全想不起這人是誰。直等第四秒鐘,他被對方那條鮮紅耀眼的紅領帶,喚起了他失去的記憶,他才陡然想了起來!

那人非別人,正是那個在櫥窗裡跳過廣告舞的西裝木偶——一個曾有「一面之緣」的「老朋友」!

你看，一撮小黑鬚，一個高鼻子，一雙大小不同的怪眼，什麼都一樣！總之，對面這人如果不是那個木偶的照片，那個木偶，就是對面這人的造像！

千真萬確，那位木偶先生，已從他的櫥窗裡溜了出來。

木頭人活了！木頭人竟從成衣店的櫥窗裡走出來玩玩了！這是一件太不可信的事！那麼，明明一個活人，為什麼要扮成木偶的樣子呢？

這一件突如其來的神祕得近乎荒唐的怪事，迫使霍桑不得不從墨晶眼鏡裡面瞪出他惶駭的視線，而向對方注視了更驚奇的幾眼。但是，那個木偶，他木製的腦殼裡，卻好像完全沒有覺察，有人正對他密切注意。他依舊悠悠地讀報，甚至，他的姿勢也保持著一個木偶應有的姿勢，看樣子，即使頭上「天打」下來，他也不會動一動！

木偶是這樣，但是，霍桑的腦子，卻不是木偶的腦子呀！由於精細地注視，他在這個木偶的面部，看到了一些可注意的小東西；由於看到這一點小東西，使他的腦內，立刻展開了比閃電更快的活動；由於腦內敏捷的活動，有一件事幾乎使他喪失了紳士的鎮靜，而幾乎立刻要失聲驚叫起來！

哎呀！他就是——總之，他就是他要找的那個人！

何以見得呢？

在早晨，他在那家西裝成衣店的玻璃櫥窗裡，曾看到那個木偶的一個耳朵上，貼著一小塊橡皮膏。當時，以為這木偶臉上的油漆，或許已經剝蝕了一點，並不十分注意。

現在，這個木偶，他的耳朵上，竟也貼著一塊同樣的橡皮膏——並且同樣地貼在耳輪上！豈非滑稽之至！

當前這個活的木偶的耳朵上，為什麼要貼上橡皮膏呢？

據傳說，那位俠盜先生，左耳輪上，生有一個鮮明如血的紅痣。他當然不願有人看到他這顯著的商標，因此，特地貼上一些東西，把它遮掩起來，這是唯一的理由。

那麼，這個木偶，豈非就是魯平的化身？

哎呀！這可惡的東西，竟出現在自己的眼前了！

他這樣裝神弄鬼，當然必有目的，他的目的何在呢？

有一點是可以確定的，他這神奇的搞鬼一定是有關吳道子的那幅畫，一定無疑了！

以上的思想像一架電扇那樣急遽地在霍桑腦內轉動，電扇轉動到這裡，卻迫使這位悠閒的紳士不能繼續維持鎮靜而感到必須趕快採取一點動作了。雖然他還來不及決定他應取怎樣的方式，可是他已迅速地站起來。

就在霍桑將站而還沒有站起的剎那間——

不料，那個木人，他好像已經接獲了什麼心靈上的電報，竟比霍桑先一步站起來。看他伸伸腰，打了一個沉重的呵欠，好像告訴人家，他在那家成衣店裡，做了一整天的廣告，已經疲倦得很。現在，他已準備回到他的玻璃窗裡，要去睡覺了。

只見他又整理了一下他漂亮的紅領帶，勉強撐起了一大一小兩個毫無精神的倦眼，失神地向四周看看，看樣子，他是預備馬上要走了！

霍桑睜大兩眼，急忙從位子裡緊張地站起來，緊張地想：嘿！不要讓這傢伙溜走啊！

他準備大步向這木偶先生走去，嚇一嚇這位若無其事的木偶先生！

他還沒有舉步咧。

驀地，有一個身材非常高大的人，竟像一座屏風那樣攔住了霍桑的去路！

「什麼事？」霍桑的大圓眼鏡裡面幾乎要冒火！

「先生，請買單。」那個站在霍桑面前的白衣侍者，他向這位大袍闊服的紳士，鞠躬而十分和緩地說。

不錯，他吃過一客西點，與一杯咖啡，帳是應該付的。以一個大袍闊服的紳士，能吃了東西而不付帳嗎？

可是，等到霍桑用最敏捷的方式，辦完了這件小事，卻已被耽誤了兩分鐘以上的時間，就在這兩分鐘以上短促的時間中，舉眼向前一看，對方只剩下一張空椅。

那位木偶先生走失了！

第三幕　木偶逃出來了！

第四幕　返老還童的木偶

霍桑不及照顧他身上的紳士氣派，他以頑童逃出教室門那樣的步法，慌張地從最近的門飛躍出去——這扇門，也就是那位木偶先生以蝸牛那樣的步伐蹣跚走出去的地方——離門不遠，就是電梯的所在處。這時，那兩架並列的電梯，左邊的一架，恰巧在緩緩上升。霍桑把敏銳的視線向這架電梯中拋擲進去，他從那扇正在關閉的電梯的門隙裡，看到一隻特大的鞋尖——正是那位木偶先生的鞋尖呀！

還好，右邊那架電梯，恰正由上而下。霍桑撩起袍角，慌忙跳躍進去。巧得很，這架電梯裡面，單只他一個乘客，當侍者恭敬地問他到第幾樓時，霍桑毫不考慮而焦暴地說：「三樓！」

到達了三樓，在那靜悄悄的甬道裡面，看不見那位木偶先生神祕的影子。霍桑重新走到那架左邊的電梯前——這是那個正在上升的電梯——他一問這一架電梯中的侍者，回答：那位穿舊西裝而有小鬍子的先生，他是真上了六樓。

於是，霍桑也搭這電梯追蹤而直上六樓。

在六樓胡亂找了一陣，他和那位「老友」，依然「緣慳一面」。慌張喘息之餘，他抓住了一名侍者，把那個木偶的狀貌約略描繪了一遍，問他是否看到過這樣一個人。

「有的有的。」那個侍者沒有躊躇，衝口回答。

「現在，他到哪裡去了？」霍桑緊張地追問。

「我看見他從左邊的電梯中匆匆上樓，又從右邊的電梯中匆匆下樓去了。」

霍桑感到目瞪口呆。

等這侍者走遠，他獨自一人，站在電梯之前，不禁焦灼如焚。他伸手亂抓著自己的頭髮，幾乎把他的頭髮連根拔下來——諸位不要忘記，他的頭髮原是可以連根拔下的——一面，他狠毒地輕輕詛咒：

「該死的畜生！我要請你等一等！」

焦躁過一陣之後，他陡然想起：哎呀！那張倒楣的畫，不知怎麼樣了？該不會那樣快就生問題吧？想到這裡，他馬上記起了舊小說裡常常提到的所謂「調虎離山」的字樣，他覺得不能再耽誤了。他慌忙按著電梯的鈴，再由六樓下降到三樓。

在電梯內，那名侍者看看霍桑，他疑惑這一位服飾莊嚴而神情卻不平靜的紳士，發明了一件都市中的新型消遣：他是不是把電梯當作汽車，而在舉行夏季的「兜風」呢？

回到三百四十九號房間，只見這屋子裡靜悄悄的，依然無形保持著前半句「盜銀壺」的幽默姿態，主要是那柄「銀壺」並沒有被「盜」！這使霍桑把一顆從電梯中提上來的心，重新擺放回胸腔。可是，當時他擂鼓那樣的叩門聲，和他倉皇不定的神色，卻已使那位膽小的收藏家，和那個狐狸臉的蘇州朋友，大大吃了一驚！

當晚，霍桑就住在他那間三百五十二號的臥室中，並沒有回到愛文義路的寓所。這必須歸功於那位木偶先生的無形挽留。

在床上，他像撥算盤珠那樣撥動著腦細胞。他在想——

自己今天，突然會晤到這位神祕的木偶先生，這真是完全出乎意料。

那位木偶先生，會認出自己的真面目嗎？

看他悠閒的樣子，他好像並沒有認出自己的真面目吧？

如果真的不認識，他為什麼又在電梯裡面躲閃似地兜圈子呢？

假定他已認出了自己的真面目，那麼，也許他已大大吃了一驚，因而在電梯內，臨時演出大套的魔術。

有一點完全不可解，他為什麼要把他臨時的造像，供在成衣店的櫥窗裡呢——霍桑找不出答案來。

最後，他記起白天的一番對話，記得那個膽小的收藏家曾說：「他——這位獨腳的俠盜——手下，共有一千多個黨羽，也從來不曾見到他們的首領，是個怎樣的人物……」

霍桑從以上的幾句話裡，找到了一個特異的結論：魯平所以設置那座木偶，是讓他的黨羽們，可以認出他臨時的化裝面目。

這似乎是唯一可能的答案了。雖然這答案似乎太離奇，也有些近於牽強。但是，除了以上這一個離奇而牽強的答案之外，還有什麼更適合的理由呢？

總之，這一晚，霍桑的腦袋，已變成了那家成衣店的櫥窗，他讓那位木偶先生，在他的腦海中整整跳了一全夜的迴旋舞。

有一點是可以確定的，霍桑想：無論如何，那家小小的西裝成衣店，必定是那位「俠盜」先生的一個巢穴，那是無疑了。他記得，不久的過去，全上海的那些警探先生們，曾傾其全力搜尋這「俠盜」的巢穴。他們等於一隊被梟首的蒼蠅，曾在四下亂鑽亂撞。結果，他們像在北冰洋裡捕捉熱帶魚，連一個小水花也沒有找出來。現在，他若將他自己的發現，報告給官廳，請求到一紙搜捕證，而把那家成衣鋪子包圍起來，這樣，至少可以搗毀那位「俠盜」先生的一個巢穴；同時也至少可以抓住他的幾個黨羽，也是一件快意的事。然而不妥，照這樣辦，撥動了「草」，驚走了「蛇」，那似乎是件非常愚蠢的事！還是別尋妥善的方法。

最後的決定，他放棄了包圍成衣店的策略。但，無論如何，他要再到那個木偶的公館裡去看一看，以便找些補充的線索。

第二天一早，第一件事，他先到三百四十九號中去看一看，有沒有什麼事情發生？他以十分鄭重的姿態，警戒著韓祺昌主僕二人，他說：他已查出魯平的黨羽們，已混進了這旅館。因此，他們萬不能讓任何人，隨便闖進這間屋子來。說完，他仍以最悠閒的紳士態度，走出這東方大旅社，再度去拜訪那位木偶先生。

這位中國舊官僚式的紳士，他又懷著他的鬼胎，小心而恭敬地走到了那位「洋大人」的「辦公室」前。可是，抬頭一看，他呆住了！

原來，這裡已有一些簇新的花樣發生了。

怎麼？木偶先生公出了嗎？不是的。

窗子裡的木偶先生並沒有遠離他的職守，但是，他已換了一種新的姿態。呵！他像我們這大都市中的「大人先生們」一樣，面目非常之多！而搖身一變，也非常之快！今天，他不再穿著昨天那種賣肥皂的西裝，他已換上了很漂亮的一套。褲縫，燙得挺而且直，幾乎可以代替一支尺。皮鞋，擦得如此之亮，簡直閃耀得使許多狹窄的眼睛睜不開。他的「尊容」，已經過美容院的著意修整，小鬍子也早已剃去了。他理得可以和女人比賽的頭髮，好像隔著玻璃也能聞到美髮的香味。並且，他大約還曾服過什麼高效率的返老還童的補藥，你看！僅僅一夜之間，他竟變得如此年輕白皙而俊俏。在他襟間，齊備著康乃馨花，小綢帕，與舶來品墨水筆。他的一手，以最優美的姿勢拈著一支品質最高貴的煙；另一手臂間，卻「神氣活現」地挾著一冊厚得足使鄉下親戚看著發呆的燙金字的所謂「外國書」——雖然並沒有人知道，這本書的內容，是否真有艱深的文字？抑或僅是嚇嚇人的「無字天書」？雖然更沒有人知道，這位木偶先生，他是否認識這本書中的艱深文字，抑或僅是書中的文字認識他——總之，他這繡花的「fashion」，卻已十足具備著一般大學生們在週末例假中打扮好了上公園或咖啡座中會愛人時的種種必要的風采。呵！他今天變得聰明啦！對呀！他必須改變如此的作風，才可以使那些玻璃窗內的異性木偶，把她們描黑了的眼圈，對他一五一十地拋過來呀！簡單些說吧，今天的木偶先生和昨天的木偶先生已完全變了一個樣。如果說，昨天的木偶先生是屬於「卓別林」式，那麼，今天的木偶先生，卻已變作了「羅克」型。

窗外的霍桑，睜大了敏銳的眼，從雙層玻璃中間向這木偶，細看了半晌，他看到了一個小小的特點。就是，昨天的木偶，胸前拖著一條紅領帶；今天這個木偶，同樣也拖著一條紅領帶；而且，連領帶上的花紋，也和昨天一樣。霍桑眼望著那一鮮紅耀眼的紅領帶，有個念頭在他腦內開始閃動。他想，昨夜的念頭，最初以為太牽強，照現在看，也許有點意思吧？這一條紅領帶，會不會就是這位木偶先生特地留給他黨羽們的又一標記呢?

他又翹起了于右任先生的鬍子,向這木偶冷笑:「你這可惡的東西!不管你在進行何等的詭計,無論如何,我已認出你的真面目。至少,我已認出你的標記。好吧!我在這裡靜待,看你把十二條半的妙計,逐一地施展出來。」

這位年輕的老紳士,興奮地跳上了一輛人力車,在人力車伕拔腿飛奔回東方大旅社的途中,他還在默默地想:「等那個可惡的東西把詭計施展出來之前,也許,自己可以『將計就計』和他玩一下。」他正想得非常高興,但是,他卻沒有料到,當前戲劇性的發展,竟迅速得完全出乎他的意料之外。

第五幕　木偶做有計畫的撤退

人力車在大旅社的商場前停下來，我們的霍桑先生，也就從這商場的入口，悠然走進了門，他並不急於回進旅館，卻在這五花八門的大商場中，揮著他的「四點一刻」，東一張，西一望，消磨著內心的緊張。看他外表的樣子，倒像我們在這個大都市中所習見而被稱為「某種魚類」的老太爺：偶爾親自出門，準備辦些東西，回家孝敬黏在膝蓋上的姨太太一樣的悠閒。

他看到那些金碧輝煌的櫥窗裡，真是一個舶來品的營地。許多耀眼的奇光，足夠使你衣袋裡的幾張中國花紙，被吸得自動逃亡出去。

在上午十點鐘的時候，大都市中最優秀的一群，照例，還是冬眠狀態。因此，這一個貴族化的大商場內，顧客還沒有上市。霍桑信步走來，前面是一個陳列化妝品的櫃檯，他無意中看到數步之外，一個玻璃櫃子，有一個穿西裝的人，正指指點點在和一個櫃內的女職員說著話。

第一眼，霍桑看到那個人的背影非常壯健，身上那套西裝，裁製得也相當稱體。雖然看不見這人的正面，但是，單看背影，可知這人是個很體面的小夥子。

在第二眼，霍桑感到這人身上所穿的那套西裝，其顏色花紋，映進自己的眼內，好像並不是第一次；而此人頭上的一叢烏黑而光亮的頭髮，那梳理的式樣，在自己的視網膜上，也有一種熟稔的感覺。

我們這位老紳士的一顆年輕敏感的心，開始有點震動。

霍桑對這人，開始較密切地注視，恰巧這時候，這個身穿漂亮西裝的傢伙，偶爾一旋身，卻把他的側臉，投進了霍桑的視線。在這絕短的一瞥之中，霍桑雖只看到此人一個白的面龐而還沒有獲得較清楚的印象，可是只這一瞬之間，霍桑卻已看到此人白皙面龐之下，正有一些鮮紅耀眼的東西，在他的墨鏡大眼睛邊緣上，輕輕掠過去。

呵！一條紅領帶！

哎呀！當前這個傢伙，不就是「適間走訪，未獲暢敘」的「故人」嗎？

奇怪！我們這個狹窄的地球，竟會變得這樣的狹窄！想著曹操，曹操就到。這未免太巧了！

這一條神祕的紅領帶，使霍桑全身的神經，像裝上了一座絞盤那樣收緊起來！

霍桑紳士的步伐，因此不由漸漸停滯，那支手杖在地面黏住了。

如果當前這個傢伙，正是自己心目中的那個人，他想，那麼自己自然應該立刻採取適當的行動，不能再讓飛來的機會，又從指縫裡面漏了去。但是第一點，還需弄明白，當前這個人，是否真是自己心目中的那個人？萬一弄錯，那會鬧出笑話來。主要的是，眼前的疑點，不過是一條紅領帶，而紅領帶則是很普通的東西，原是人人可用的。

事情看來太湊巧，會不會是自己神經過度而錯認了人？

霍桑這樣想時，不禁感到一種躊躇。

這裡，霍桑的腦細胞，正非常緊張，他從大眼鏡裡再看前面那個傢伙，依然若無其事，正把背部向著自己這一邊，分明對於四周的一切，表示一種全不在意的樣子。一時，看他揚著臉，從身旁掏出一個煙盒，取出了一支煙，又把那煙盒高舉在手，一面把那支煙，在這光亮耀眼的盒蓋上，橫一擺，豎一擺，擺了好半晌，看樣子，似乎準備在這大庭廣眾之下，把這個銀質的漂亮盒子，大大誇耀一下。

那個傢伙把紙煙燃上火，仰臉噴了幾口煙，一面依舊指指點點，和櫃子裡的女職員談著話。只見那個女職員，從玻璃櫃裡取出一盒化妝品，遞進這傢伙的手內。這化妝品的盒蓋上，裝有一片鏡子。這西裝的傢伙，把這盒子的鏡子，高高湊近他的臉部，只顧左一側，右一側，反覆照著他的臉，很像一個四十歲的「少女」，準備從她的皺紋與雀斑之間，用心找出一個動人的美點來。

背後數步以外的霍桑，從墨晶的眼鏡裡睜圓著眼，心裡在想：「朋友，如果你就是那個『俠盜』，停一停，我要在你白皙的臉上，替你塗上一些胭脂，讓你特別漂亮些，請你等著！」

霍桑正轉念，只見前面的傢伙，已放下那盒化妝品，向櫃子裡的女職員搖搖頭，便離開櫃邊，而往前面緩步走過去。

霍桑不怠慢，急忙揮動手杖，暗暗尾隨。一面，他把他的兩片大眼鏡，像兩座探照燈那樣緊射在前方那架來歷不明的飛機上。

前面正是登樓的所在，恰有一架電梯自上而下，梯門開處，像打翻一個衣箱那樣倒出一大群人來。一看前面那個傢伙，捏熄了手中的半支紙煙，向地下一拋，好像準備從人堆裡擠上前去，而踏上這一架將要上升的電梯。

霍桑覺得情勢不妙，不禁焦躁地想：「好啊！昨天你的戲法，表演得很不錯，是否今天還要練一練？」

想起隔日電梯中的情形，這使霍桑感到非常憤怒。依照他的意思，恨不能立刻搶前一步，把這穿西裝的傢伙的肩膀扳過來，向他說：「喂！木偶先生，你為什麼不在你的成衣店裡跳廣告舞，而在外隨意亂跑？不行！讓我把你送回你的玻璃窗，跟我走！」

霍桑心裡雖然這樣想，但事實上他並不能這樣做。原因是，他是一名私家偵探，身旁沒有一紙正式的逮捕狀，他不能隨便逮捕人。而主要的是，截至目前為止，他還沒有辨認清楚，當前這個穿西裝的傢伙，究竟是不是他心目中所擬議的人？雖然眼前這個人，胸前拖著一條可疑的紅領帶，但在事情還沒有弄得更清楚更確定之前，他不能輕舉妄動。

霍桑正躊躇，只見眼前的傢伙，只在電梯前的一小堆人群裡面，轉了一個身，並沒有踏進這電梯。接著，看他悠悠然，把雙手向褲袋裡一插，口中吹著哨子，又向第二個鋪面中走去。

霍桑摸摸偽裝的鬍子，也從後面跟過來。

霍桑的主意，很想超前一步，搶在這傢伙的前面，把這傢伙的面目辨認一下，但是他沒有這個機會。原因是：奇怪！眼前這個傢伙，他好像具有妖怪一樣的心靈，霍桑的步伐走得慢，這傢伙的步伐也走得慢；霍桑的步伐，偶爾加緊了一些，這傢伙的步伐，立刻也好像加緊了些！而主要是，霍桑的臉上，還套著那個討厭的假面具，在這眾目昭彰的環境之下，他必須維持他的身分，而不能喪失紳士的架子。因此，他雖預備這樣做，事實上卻還不允許他自由地這樣做。

他只能懷著一種盜賊那樣的心理，依舊偷偷摸摸，從後面跟過來。（你看，社會上那些戴著假面具的偽君子，他們的行動是何等的拘束而可憐！）

這時，前面的傢伙，又走到了第二個鋪面中的電梯之前，只見他的腳步略略停滯了一下，好像準備登樓。但結果，他又放棄了登樓的意圖，仍向前面緩緩走過去。

那人踏進了第三個鋪面，霍桑也跟著踏進了第三個鋪面。

雙方一前一後，依舊保持著一個不即不離的短距離。

可惡至極！那人好像有意在跟上了年紀的霍桑開玩笑，只見他在這個五光十色的大商場中，東一看，西一張，只管兜著無盡的圈子。一種悠閒的姿態，好像告訴人家：他的衣袋裡，有的是大量的時間，因此，他已準備把這一個殘餘的上午，毫不吝惜地消耗去。他這態度，卻使背後的臨時保鏢，完全弄不清楚，他在玩著何等的把戲？而霍桑呢，正握著一個討厭的計算題，在計算題沒有獲得解答之前，無可奈何，只能陪著他，暫作一次散步吧。

正當霍桑感到焦灼的時候，只見那個傢伙，忽又走到這第三個鋪面的電梯前。這裡的電梯，卻是直達旅館部分的電梯。這一次，那人似已決定準備登樓，因此，他在梯門之前，停止了他可惡的散步。

霍桑趁這機會，也向電梯這邊走過來。

二人同時抬眼，望望電梯上的升降針，只見指針停在七字上，表示那架活動的龍，正懸掛在七樓。

那人向霍桑看看，他面無表情的臉，立刻偏了過去，好像把身旁的霍桑只當一片稀薄的空氣，全不在他高貴的眼裡。霍桑也向那人看看，他緊張的視線，卻在那人的側影上，畫了一個問句的符號。

這電鈴的聲響，立刻響進了霍桑的心坎！

為什麼呢？原來，在此人旋轉頭來揿電鈴的一剎那，霍桑卻已看清：此人的左耳，貼有一塊橡皮膏！第二瞬間，感覺此人的面貌，在自己眼內，很有一種親切的感覺。他的臉竟和今天所見的木偶，越看越相像——說得神奇點，如果不是那個木偶的塑匠有心依照了此人的面貌而塑成方才那個木偶，那一定是上帝有心依照那個木偶的面貌而特製成眼前這個傢伙。

這不是我們的俠盜先生，他是誰？

在這緊張的瞬間，霍桑的眼內在噴火。還好，他戴著黑眼鏡，還不至於讓別人看到他無端的「失慎」。可是，在這時候，他身旁的木偶，卻取出一支煙，悠然燃了起來。一面，看他洋洋然，正把一些輕飄的煙圈，徐徐吐在空氣裡。

這些煙圈在霍桑眼內幻成許多疑問的符號，疑問中的一個，是：

這個可惡的東西，到底認識不認識自己？

說他認識吧，為什麼他的態度，卻還如此的安閒？

說他不認識吧，昨夜電梯裡的演出，難道竟是偶然的？

不管你認識不認識，無論如何，今天不能讓你再在電梯裡變戲法！

霍桑的心思疾轉，電梯上的指針在轉動時，他的鼻孔裡面，忽然飄來了一股很濃烈的香味——這是一種上品香水的氣息，是龍涎呢，還是麝香？是茉莉呢，還是芝蘭？雖然他一向保持嚴肅的鼻子，無法提供較準確的說明，但有一點，他可以確定：這種香味的發源地，正在身旁這個漂亮木偶的身體上。

指針由七移到六，霍桑偷看這木偶，只見他一手拈著紙煙，一手插在褲袋裡，搖擺著身子，旋轉著腳跟，表演了許多動人的小鏡頭。表示他塞滿木屑的腦殼之中，對於人世間的一切，絕無半點可牽掛的事情。

霍桑想：朋友，你不要太寫意，我要把新的手帕，借給你，停一停，讓你可以抹抹香汗！

指針由六移到五，木偶的臉上，依然帶有一種鵝絨那樣的鬆懈——他把那支紙煙，輕輕彈掉一點灰。

這裡霍桑暗自籌劃：在眼前這種特殊的情勢之下，用什麼方法，才可以把自己的手指，較合法地拍到這個木偶的肩上？

指針由五移到四——在四字上，這指針「立正」「稍息」了好半晌。只見這木偶再度又按了一下鈴，好像表示他的安閒而又不耐煩。

這裡霍桑在想：你到三樓，還是到六樓？

這時指針已由四字移到三字。只聽木偶嘴裡，又在輕輕地吹著口哨；他的調子，吹得相當動聽。

這裡霍桑卻已打定主意：必要的時候，他將暫時放棄法律的拘束，而採取一種「尚方寶劍先斬後奏」的有效方法。這樣想時，他的心裡，不禁感到一種貓兒捕獲老鼠的愉快，但是，至少在暫時，他還不想把他的貓爪，馬上撲到這隻小佬鼠的身上。因為，他還想看看這只可惡的小老鼠，在這種尷尬的情形下，究竟還有什麼伎倆可以使出來。

霍桑正想時，電梯上的升降針，由三，而二，而一，表示梯子已經降落到地面。一看那個木頭雕成的臉面，依然絲毫沒有表情。

梯門開處，裡面有一小隊「很有閒」的人物，「很匆忙」地向霍桑身前衝過來。就在這個時候，驀地！我們那個木偶，忽而做出一個閃電的行動，冷不防開足機器，旋轉身軀，向樓梯那邊舉步就走！他的步伐，顯得非常輕捷，但在輕捷之中，卻已透露一種慌張，而不再是剛剛散步時的那種悠閒的樣子。

這個突然的轉變，分明表示我們這位木偶先生，已在做「策略上的安全撤退」！在這剎那間，霍桑的腦內，好像被拋進了一顆照明彈！他立刻敏捷地想到：方才這可惡的東西，曾背對著自己，把一個雪亮的煙盒拿在手裡顯擺，他又高舉一個化妝盒，學少奶奶照鏡子。這使霍桑陡然想起，在最近流行的偵探影片上，每每有些偵探或壞蛋們，常把會發光的東西，反照身後的情形，而不讓身後的人物看出來。由此，可知這個傢伙，他對自己的跟蹤，老早就已覺察。他外表裝作不察覺，實際他分明正在策劃，用什麼方法才能做「縮短陣線」的企圖。事情很明顯，但是差一點，自己幾乎要上當！

不過，眼前卻還沒有上當咧！

霍桑想時，那個木偶已在樓梯上跨了好多階，而將走到樓梯轉彎處。霍桑急忙撩起袍角，不顧一切，也慌忙跟上去——前面的香霧，還在他的鼻孔中飄拂。

他想：現在只要視線看得到，我不怕你會逃進「四度空間」去！

咯咯咯！那個木偶匆匆踏上了第一層樓。霍桑也匆匆追上第一層樓。兩人之間，依舊保持一組階梯的短距離。背後兩架墨晶的探照燈，捉住前方那架敵機不放鬆。

咯咯咯！那個木偶頭也不回，繞著梯子直上第二層。背後的霍桑，揮動手杖追上第二層。一看前面的木偶，步伐跨得特別迅速，霍桑盯住他的背部在想：看你今天還有什麼新的戲法變出來？

咯咯咯！木偶直上三樓，霍桑也直上三樓。

這時，在這寬敞的大廈裡，已展開一個小小奇觀，你看，一前一後的兩匹駿馬，彷彿把這螺旋形的梯子，當作了一條跑道，正舉行一場春季的比賽。

在將要達到三樓梯頂時，那個木偶，急驟地旋轉頭來，向後面樓梯轉角處的霍桑，匆匆溜了一眼。立刻他又收轉視線，向上直奔。他的腳步，雖在步步加緊，而他的態度，似乎還想保持冷靜，為要努力表示他的鎮定，只聽他的嘴裡，還在噓噓地，不斷吹著哨子。霍桑仰視著他的背部，不禁翹起鬍子而冷笑：等等請你不要哭！

想念之間，前面那個傢伙，已經跳上第四層樓的階梯。在四樓的梯級上，那傢伙的步伐跨得更大，差不多每一舉足，一躍就是三四級。這木偶的機器開得快，霍桑的步伐不得不隨之而加快。但是，前面的木偶，穿的是西裝。後面的紳士，穿的是長袍，以舊式的國產和摩登的洋貨相比，不問可知，後者要遭遇必然性的失敗，稍不留神，霍桑的袍角讓自己的足尖踐踏了一下。我們的老紳士，身子一晃，險些立刻跌落。待站穩步伐，只見那個木偶，已在梯頂的轉角處，越出了他的視線。但是他還聽到咯咯的皮鞋聲，與噓噓的吹哨聲，在他頭頂上放送下來。

因為那個木偶的背影，已經越出監視線，這使霍桑的內心，不禁特別緊張！他暗喊：不要讓這可惡的東西，又在樓梯上面表演「隱遁」！

一面想，一面他一步三跳，隨著那個足聲追上去。

在他還沒有到達梯頂的時候，忽有一個嶄新的局勢，突然又發生在我們這個木偶戲的舞臺上了。

在一陣驟雨那樣的腳步聲中，迎面忽有一人，聲勢洶洶地迎面而來，雙手叉住腰，像一座寶塔一樣，擋住了霍桑的步伐！哈哈！昨夜的老調子，又來奏演了！霍桑舉起駭怒的視線，一看，出乎意外的，那人不是別人，正是那個木偶，不知為什麼？他又自動奔回來。

只見那張木偶的臉面上，好像新包一層鐵，鐵錚錚地望著霍桑說：「先生，讓我看看我們的帳！」

這新奇的局勢給了霍桑一個十足的呆怔。

只見那個木偶隨著霍桑的呆怔而冷笑說：「我們沒有帳嗎？那你為什麼緊緊跟著我？」

第六幕　伸手拍到木偶肩膀上

這一個尖銳的反攻，完全出其不意。譬如一個平淡的調子，突然跳到了幾個高亢的音節，使霍桑在最初兩秒內，感到愕然。但是，霍桑畢竟不是一個腦力遲鈍的人，略一定神，他回答的句子，已隨著眼角中的冷笑而有了結構。

他預備冷峭地回答這木偶：「朋友，你要看帳嗎？好，你跟我走！」

他想這樣說而還沒有這樣說出。

忽然，有一種非常困擾的神情，充滿他的兩眼。他仰臉向這木偶，投送了更緊張的一眼，突然他像發瘋一樣，舉起手杖的彎柄，朝木偶的臉上，像一道閃電那樣襲擊過去。木偶為了要躲避他的手杖，高個子不禁向梯邊一閃，就在這木偶身子一閃的瞬間，霍桑收回手杖，擦過那高個子，飛也似地搶出一條路來向上就奔，他一口氣不停地直奔到六樓。

在六樓，霍桑喘息地略停他的步伐而凝想了一下。這凝想至多不過費了一秒鐘，立刻，他又拖著手杖，一口氣重新又奔回三樓！

原來，霍桑起先以為那個從樓面上奔回來而攔住他去路的，就是先前那個木偶。

因為，這人和木偶，身材一樣，頭髮也一樣，所穿的西裝，顏色與花紋也一樣；驟眼一看，甚至面貌的輪廓，也好像一樣。但是眼前仔細一看，他立刻感到，這一個半路退回來的人，在他眼內，已幻成了一個龐大的問句符號。第一點，這裡似乎有些面貌上的差距哩！至少，後者的臉，比前者黑，遠不及前者漂亮；第二點，後者的領帶，雖然也是紅色，但已紅得近於紫，這並不是先前所見的領帶；第三點，最重要的是後者的左耳上，並沒有貼上橡皮膏，缺少一個主要的標記，一望而知這是一張假鈔票。

總之，當前攔路的這個傢伙，和自己所追的木偶，霎時也換了一個人。不用說了，這戲法的演變，就在自己踏住衣角，腳步略為停頓而失去前面的背影的剎那間——總之，他又上當了！

事情非常明顯：那個木偶見自己緊追不捨，心裡相當地慌。他一路繞梯上樓，一路計劃「逃脫行動」。料想他在這一座商場而兼旅館的大廈之中，一定預伏若干黨羽——那些黨羽們，有的穿著和他相同的服飾——以便在各種不同的形勢之下，隨時予以支援。因此，他一路上樓，一路還在吹哨子，這是他的呼援信號。

那座「梯形陣地」上的「彈性策略」的真相，原不過如此而已。

事情豈非很明顯？

當時，他即看破這個詭計，所以毫不躊躇，立刻放棄那個擋路的傢伙，一口氣直追上六樓。但是，到了六樓，他又立刻想起：那個可惡的木偶，一定不會抄襲隔夜的舊文章，而讓自己一猜就著。他一定是在別層樓上躲了起來，而最可能的地點是三樓。因為，他準備「親自領走」的那幅畫，就在三樓。

事前，他曾假定：那個可惡的木偶，不想真的「領走」那幅畫便罷，如果真想「領走」那幅畫，料想他在三百四十九號鄰近，必然設有臨時的巢穴，以便隨時相機行事。這樣的假定，頗有相當的可能性。

這是霍桑從六樓重新奔回三樓的理由。

不過，在樓梯上面奔馳的時候，霍桑的假定，還不過是假定而已。可是，一奔到三樓，他的假定，立刻成了確定的事實。

在三樓旅館部分的甬道裡，霍桑的腳尖，還沒有站穩。忽有一個重要的「線索」，立刻牽住了他的鼻子——那是一種非常濃烈的香味，在他的假鬍邊掠過來。這香味送到他的鼻子邊，很有一種親切的感覺。說得清楚些，這是剛剛他在電梯前聞到的香味；再說得清楚些，這是那個漂亮木偶身上所留下的氣息！

不出所料，那個可惡的東西，竟比自己先一步，到過這條甬道裡。

霍桑一面忖度，一面把他的視線，在這甬道各個角落裡，迅速搜尋一遍。只見，距離自己不多幾步外的一個門口裡——那是三百〇九號的房間——正有一個西裝的背影，在輕輕推開房門走進去。不錯，那個背影，正是最初所見的熟悉的背影；而且，那人的頭髮，也是最初所見的熟悉的頭髮。

當霍桑目送那個背影輕輕推進那扇門時，甬道裡的濃烈的香味，還在一陣陣地飄浮。這時，霍桑所受到的刺激，卻還不止於此，他一面眼見這個木偶，鬼祟地掩入這個三百〇九號；一面，他還看見這木偶的肋下，挾著一個細長的紙包，樣子可能是一幅畫！

霍桑的一顆心，加緊地震動起來。

這一個細長的紙包，幾乎迫使霍桑，準備旋轉身子，飛速奔回三百四十九號去看看——那邊有沒有發生什麼事？

緊接著他轉念：發生事情，算來絕沒有這樣快。

然而無論如何，他有回去看看的必要。

可是這裡三百〇九號，和那邊三百四十九號，距離相當遠，在這一個太緊張的時間中，至少兩者相差，好像從上海到南京那樣的一段路程！顧了那邊，就要放棄這邊；而顧了這邊，又放心不下那邊。這時霍桑的心裡，真懊悔沒有把他那個隨身的「包朗」帶出來。

在幾秒鐘的躊躇以後，他打定主意，暫時放棄三百四十九號，而專注這三百〇九號的數字——此時他有一種有趣的心理：必要的話，他寧可犧牲那幅畫，而非要把他的指尖，拍在那個可惡的木偶肩膀上不可！

主意已定，他盤算著：用什麼方式，走進這間三百〇九號的房間裡去？

就這樣一無準備地直闖進去嗎？那似乎不大好。

躊躇之頃，一眼望見這三百〇九號的斜對面，那裡是一個「堂口」，壁上裝有電話機。如果在這裡打電話，歪轉眼梢，就可以監視這三百〇九號門口的動靜。於是，他急急走向這架電話機前，用最敏捷的方式，搖出了一個電話。

在電話裡，他把十句話「節約」成了三句話；他把十個字，縮減成了五個字。他這電話，打給該管區中的一名高級警員，他用隱語報告：那位俠盜先生，現在在東方大旅社的三百〇九號房內，趕快簽發一紙逮捕狀，隨派幾名得力探員，飛速到來逮捕。順便，他又請求那名高級警員，轉搖一個電話給包朗，讓他隨後就來。希望在「以策萬全」的情況之下，建立必勝的形勢。

打完電話，他舒了一口氣。摸摸鬍子，搖著手杖，昂然地往三百〇九號的門口走過去。在門前，他把他的手杖，從右手交到左手，一面伸手到他這藍緞大袍的衣袋裡，暗暗摸索了一下。他的指尖告訴他：那支隨身不離的，三二口徑的小手槍，正靜靜安眠在他的衣袋內。摸過之後，他又低頭張望這門上的彈簧鎖孔，他再從衣袋裡，掏出一件奇形的小玩具。那件玩具，在社會上許多「徒手竊盜」的眼光中，也許從來沒有見識過。那是一種用軟鋼小鋸改造成的小銼刀，式樣大小略同於一柄指甲刀。許多技術高明的盜賊，用了這種高明的器具，他們能在短時間內，輕輕易易，打開一具最精緻的鎖，完全不感到費事！至於霍桑，他的技術，雖不能及上述那種高明的竊賊，但是，如果你能靜悄悄地讓他使用他的玩具，而不加以打擾，那麼至多也不過耗費一分半鐘，他就能夠弄開那扇房門，而不發出一點聲響來。

諸位記著：一個「現任」的竊盜，他們弄開一具鎖，所需要的時間是半分鐘；而一個「捕快賊出身」的所謂偵探，他們弄開一具鎖，其所需要的時間，是一分鐘以至一分半鐘，這是兩者之間，比較起來稍微不同的地方。

這裡，霍桑摸索著他的「百寶囊」，正待開始他的必要行動。

在堂口裡，有一個白衣服的侍者，望見一個大袍闊服的紳士，站在人家門口，鬼鬼祟祟，張望那扇門，形跡未免可疑。這侍者不禁緩緩走過來，以一種恭敬的疑問眼色，洋洋然，注視著霍桑的黑眼鏡與假鬍子。

這裡霍桑的地位，畢竟還是一名紳士。以一個紳士而實行竊盜的工作，在最初「登場」的時節，未免有點心理上的「怯場」。這時，他見有人注意他，只得乘機抬起視線，向這侍者嚴肅地說：「別吵！我是偵探，在這裡有一點公事！等會兒，有警探到這裡來，你告訴他們，有一位長鬍子的先生，已經走進這間房間裡。」

他把那支討厭的手杖，順便遞給侍者而補充說：「懂嗎？」

那侍者再度看了他一眼之後，急忙肅然接過那支手杖而點點頭。

接著，霍桑立刻伸手，輕輕去轉那個槌球。起先，他以為這門一定鎖上了。不料，伸手一旋，才發覺這門是虛掩而並沒有鎖上。在這槌球被旋轉的一秒鐘後，霍桑的身子，已悄無聲地從這被推開了尺許寬的空隙中踏進了這靜悄悄的房間裡。

在他反手輕掩上房門時，卻看出這間光線晦暗的屋子，窗簾並未揭起，中間並無一人！

跑了！

在第一個空虛失望的意念還沒有消滅的瞬間，第二瞬中他已看到這屋子中間的一張小圓桌上，放著一些很觸目的東西：第一件，那是一張黃色的牛皮紙——從這紙張的顏色和蜷曲的樣子上，可以看出，這正是剛剛在木偶肋下包過細長物件的那張紙！第二件，在這牛皮紙的一邊，放著一條擦玻璃工人用的保險帶，這種冷門的東西，在一個普通人的眼內，或許並不熟悉。但是在霍桑的眼內，一看就已知道，住在高樓上的人，有了這種東西，就可以從一個窗口裡面，跳進另外一個窗口裡去。

真的跑了！

但是，如果說這木偶是用了保險帶而越窗跳出去的，那麼，這一條保險帶，如何又會留在這張桌子上呢？

霍桑的眼前，不禁布滿了一連串的問題。

正自不解，忽覺方才的那種香味，又在鼻子邊一陣陣地飄過來，這香味比之在甬道裡聞到的更為濃烈。

為了找尋這香味的來源，霍桑才發現這一間光線晦暗的房間裡，另外還有一間套室的門，也正狹狹地開著一條縫。

霍桑屏住了呼吸，往這套室的門前走過來。同時他的三二口徑的小玩具，已經緊握在不是很乾燥的右掌裡。

輕輕推開這套室的門，探進頭顱，向裡面一看，有一個靜悄悄的畫面，突然映上了他驚喜而又緊張的眼膜：只見，靠壁有一張桌子，那個木偶，正低頭坐在這桌子前，好像在寫什麼東西。一個壯健而漂亮的背影，向著那扇門。

看到這個背影，霍桑敏感的腦內，立刻想起了外面桌子上的保險帶。他想：好啊！寫好了一點什麼東西，馬上就好使用那條保險帶，算來時間很從容哪！

霍桑想到這裡，幾乎忍不住想喊：Hello! Good morning! Mr. Puppet! 但是，或許他怕這突然的招呼，會嚇掉這木偶的魂靈而喚不回來，因此，他並沒有立刻喊出來。

這時候，霍桑還欣賞到這木偶背影上的香味，一陣連一陣，更濃烈地刺激著他的鼻官。

霍桑冷笑地想：朋友，你真漂亮！

想時，他已握槍舉步，趁這木偶，還沒有回頭的時候，他已輕輕掩到了這漂亮的背影後方。

他伸起左手，溫和地拍到這木偶的肩膀上！

第六幕　伸手拍到木偶肩膀上

他以為他已伸手拍到這木偶的肩膀上！

不料！他一伸手，才覺察他已真的拍到了木偶的肩膀上。

先生，你感覺到我的話，說得有些模糊嗎？我想，你一定明白我的意思的。

就在這個時候，霍桑手內的槍，卻被人溫和地接了過去，同時聽到耳邊有一個人在溫和地說：

「這玩具有點危險，喂！還是交給我！」

第七幕　木偶支付收據

大約過了一刻鐘，或許是三十分鐘吧？我們這位大袍闊服黑眼鏡濃鬍子的紳士，他又從這三〇九號的房間裡，施施然地走出來，在將要跨出門口之先，他先把那扇門，開成一條狹縫，向外張了一張，然後踏進甬道，轉身鎖上了門，意欲舉步就走。

斜對面的堂口裡，那名白衣服的侍者，他無端接受了那個天上飛下來的命令，正感到滿腹狐疑。一時，又見這位神氣不很鎮靜的老紳士，空著手，從這三百〇九號的房間裡轉身向外，他不禁迎上前去，望著這位老紳士的臉，意思好像要問：「這房間裡發生了什麼事？」順便他將那支手杖恭敬地遞過來。

老紳士在略一沉吟之下接受了那支手杖。他看了看這侍者的臉，說：「謝謝你，沒有什麼事情。」

說完，他搖著那支手杖，匆匆地就向甬道的一端走過去。

這侍者仍以疑問的眼光，目送這個莊嚴而又詭祕的背影，看他漸漸走遠，直至不見。

這老紳士提起相當急驟的步伐，走到三百四十九號房間之前，舉起一個拳頭，雨點似地向這房門上亂敲，一面又用手杖的彎柄幫助他的聲勢。像這樣的敲門，除了報告「鄰居失火」以外，平常很難遇見，連在甬道走過的閒人，見此狀，也感到訝異！

三百四十九號中的兩位「神經衰弱者」，一直是在表演「盜銀壺」。過去若干小時以內，不幸他們已經飽受許多無形的驚恐，記得嗎？上一次，大偵探在那位「俠盜」先生手裡，接受了許多恐慌；在敲門的時候，把他所接受到的虛驚，分贈了他們許多。不料這一次，那扇倒楣的門上，又在演奏「快拍子」，由於門外敲得過急，迫使那個狐狸臉的蘇州傢伙，不得不硬著頭皮把那扇門，「照例」開成了一條縫。

在門縫裡，他看到一簇濃而長的鬍子，正匆匆湧進來。我們這位蘇州朋友，一見大偵探的「商標」，才把他提在手裡的靈魂，輕輕地放下。

但是，我要勸他慢一點再放下來。

大偵探一進門，他像帶來了一陣「海龍捲」的風，他不但把這暴風，帶進了屋子，他更把這陣暴風，吹進了房中人的腦袋。他進門來，一言不發，只顧著搖頭，而那簇假鬍子，像京劇中的「丟須」那樣在顫動。

在這一間船艙似的小小屋子裡，本來已經「無風三尺浪」，經不起我們的大偵探，又表演出這種「草船借箭」式的「做工」，這使房中的兩個人物，特別增加了暈船的狀態。

「怎麼樣？怎麼樣？」膽小的收藏家，忍不住慌張地這樣問道。那張狐狸形的臉上，掛著的同樣問句。

「不行！魯平和他的黨羽們，已經密布在這旅館中。」大偵探說話時的神氣，一反平時的鎮靜。

「那張畫，放在這個地點，無論如何不妥當！」他又這樣補充。連他的聲調，也顯然是異樣了！

「那——那怎麼辦？」我們的收藏家，感到手足無措。

「現在，只有一個方法——」大偵探說：「你只能把那張畫，讓我帶回愛文義路寓所裡，暫時保管一下。」

大偵探在提出他的建議之後，他匆匆握著槌球，回頭向這收藏家說：「我的汽車在門口，你讓『尊價』拿著你的畫，送到我車裡，快一點，別耽擱。」

說完，他不等對方表示同意或異議，拖著手杖，昂昂然，摸摸鬍子向門外就走。

於是，我們那幅唐代的佛像，就在這種「騰雲駕霧」的情況之下，飄飄然地走出了這間三百四十九號的門。

正當三百四十九號房內被暴風吹得鴉飛雀亂的時候，在這東方大廈的門口，飛駛來了一輛大型汽車，這汽車中載著「大隊人馬」，其中包括：本區高級警員一員，幹練探目兩員，以及武裝警察四名。這是一種「援軍到達前線」的姿態，聲勢相當浩大！

在這大型汽車將停未停的時候，坐在汽車前座的兩名探目，在擋風板裡，望見前面停著一輛將開未開的紫色小汽車。有一個戴眼鏡的大鬍子，正撩起他的袍角，踏進車廂。隨後，有一個面貌瘦削的青年，提著一個狹長的皮箱，匆匆遞進車廂。

這裡的汽車剛自停下，前方的汽車恰好開走。

由於警署裡面簽發那張逮捕狀，似乎耽擱了一點時間，因此，在這大型汽車開到未久以後，我們年輕的包朗先生，也已飛速趕到，他準備大搖大擺走進「凱旋門」，再度喊出「最後勝利」的口號。

在這個時候，大樓上的三百四十九號房間裡，有了一個如何的局面？這裡，我不想預先說明，且讓諸位看了之後的情形，自己再去猜。

原來，那位大收藏家，差遣他的「尊價」，把那幅畫送進大偵探的汽車之後，他心頭正感到忐忑不定。忽而，他一眼望見桌子上，留著一信封，這漂亮的信封，帶著一點微微的香味。他覺得奇怪，打開信封一看，其中封著兩張紙片，其一，是一紙收據，上面寫著道：

茲收到唐代吳道子真跡一幅，特支收據為憑。此致

韓祺昌先生

魯平手筆

其二，是留給包朗的一封信，信上寫著如下語句：

貴友霍桑，正逗留於鄙人所闢之三百〇九號室中，以意度之，待將窮檢鄙人之菸尾指印，以供他日研究，知關錦注，特此奉告。

——魯平

五分鐘後，當這兩種字跡潦草的文件，映進包朗及餘人的視網膜時，那一隊人物，完全成了木偶！

第八幕　木偶的家庭

第八幕　木偶的家庭

四十八小時以後。

我們這個木偶劇的舞臺上，在另外一種背景之下，又展開了另外一個新的階段。

這木偶劇的最初發展，是在一個憩坐室內。現在，我們的戲劇，已演到最後兩幕。這最後兩個較緊張的局面，也是發生在一間小小的憩坐室內。

不過，這兩間憩坐室的氛圍，卻有一些不同的地方。

如果說，前面說過的那間憩坐室，具有一種嚴肅的格調；那麼，我們也可以說，後面這一間憩坐室，卻有一點浪漫的氣息。

總之，這前後兩個地點，很可以代表兩種個性不同的人物。

這裡，筆者並不準備開列一篇家具帳。我只想告訴你：在這一個小巧而精緻的屋子裡，一切的一切，頗能予人愉快與滿意的感覺。這裡有幾扇窗，面臨著一個小小的花圃，有一扇門，通連著這間小屋子的另外一部分。

這是一個天氣明朗的下午，時間約莫四點半——關於這一點，請諸位記著。

布景時間，都已說明，這裡再來介紹舞臺上的角色。

揭幕的時候，在一 Mozart 牌子的大鋼琴前，有一個女子，正在彈奏一首激越的曲調，一串繁複的旋律，像浪花那樣四散在空氣裡。

這個女子，我們可能稱她為少女，也可能稱她為少婦。因為，我們在她的年齡上，不能提供一個較準確的估計。但是，看了後面的劇情，我們也許就能給她一個比較適合的稱謂。

這女子，具有一個苗條的體態。一雙含媚的眼珠，帶著一點小孩子的稚劣，也帶著一點男性的英爽。她的衣著，並不太華麗，也並不太樸素。她長長的秀髮，並未上過「電刑」，披拂在頸後，顯露一種天然美。

這憩坐室中的鋼琴，剛演奏完半個調子，我們這座小小的舞臺上，又有一個新的角色，以一種輕捷的步伐，從門口走進來。

這個新上場的角色，身上穿著藍袍子，黑馬褂，全身的姿態，流露一種「文明戲式」的討人厭的官僚氣。諸位觀眾也許要說：啊！我們認識的，這個角色，不是別人，正是我們那位喬裝的大偵探霍桑。不！你們弄錯啦！他並不是霍桑，他是另外一個人，請你們再仔細看一看，也請你們仔細想一想，他是誰？

說明書上告訴你們：此人正是那個強盜冒充紳士，混充大名人的木偶。木偶登場的時節，並沒有戴上那副討厭的大眼鏡，租借來的大鬍子，也早已剃去了——我們的木偶，大約對於異性的心理，相當地熟悉，因此，他常常喜歡剃掉他長短不同的鬍子。

木偶走進來時，那鋼琴上的調子，正彈得激越，木偶聽到了音樂，他的機器，開得特別起勁！

「啊！達令！」他走到那個苗條的背影後說：「妳的指法真熟，不過，妳把音鍵，碰得像麻將牌一樣響，這算什麼調子哪？」

「不懂音樂，請你不要瞎批評。」這女子只專注著她的音符，並不回頭。

「那麼請教請教好不好？」這改裝的年輕木偶，走到那女子背後，望著那張攤在琴架上的五線譜這樣說。

「這是一首最新流行的爵士，你懂不懂。」這女子伸著細指，繼續按著音鍵。

「有沒有一個侍者呢？」木偶頑皮地說：「我想，有了爵士，那是應該有一個侍者的。」

「別瞎說！」

「我勸妳放棄這個大呼小叫的爵士，還是彈彈妳的什麼古典派的調子，好聽得多。」

「像你這樣的人，配聽那種古典派的調子嗎？」這女子仍舊沒有回頭，卻朝著鋼琴撇撇她的紅嘴唇。

「我本身，就是古典派，為什麼不配聽？」這木偶一邊說，一邊負著手，在這個小小的屋子裡，走典型的方步。他的臉，是一個文明戲小生的臉，他的姿態，卻是一個文明戲老生的姿態。單看他梳得很漂亮的頭髮，和他身上所穿的乾隆時代的服裝，兩者之間，好像相隔一個世紀。

那名彈琴的女子，在節奏略為頓挫的時候，聽到了背後難聽的腳步聲，她回過頭來，向這年輕的木偶看看，她嬌嗔地說：「為什麼還不把這討厭的衣服換下來？」

「為什麼要換下來？這是戰利品哪！」木偶得意地說。

「戰利品？賊贓！」

「賊贓和戰利品，有什麼分別呢？」木偶說。

「穿這種衣服，你還以為很有面子咧！」這女子停止她的彈奏，站起身來，以一種調笑的眼色，看著這個木偶說。

「為什麼沒有面子？」木偶聳聳他的肩膀，溫柔地反抗：「生在我們這個可愛的世界上，妳若不取一點反叛性的消遣的態度，妳能忍受下去嗎？」

這女子見這木偶，公然拒絕她的建議，她不禁扭著她的身軀：「我不喜歡看你這種樣子，我要你把這衣服換下來。」

說著，她又走向高大的木偶身前，解開他的黑緞馬褂上的瑪瑙鈕扣而說：「無論如何，達令，我不喜歡看你把這種竊盜招牌高掛在外面！」

木偶輕輕握住她的手，把她推到一個椅子裡坐下，他說：「慢一點，妳聽我說。」

他自己也在對面一張小圈椅內坐下來，然後，用一種頑皮的神情，向這女子問：「我真有點不懂，半個世界的人們都在做竊盜，妳並不反對，單單對我，這是什麼理由？」

「半個世界的人們在做竊盜？我為什麼沒有看見？」這女子把一種迷惘的眼色，凝注在那張木頭的面龐上。

只見對面的木偶，燒上一支煙，抽了幾口。他把右邊的木腿，懶洋洋地擱到了左邊的木腿上，隨後，他又說下去：「他們當然不會讓妳看見的。我的好小姐，妳聽我說，他們天天在實行竊盜的工作，他們卻不願承受盜竊的名義，他們明明知道，做竊盜是快樂的事情，而一面卻又嫌竊盜兩字的名目太難聽，這是一個可笑的矛盾！」

這女子聽著他的怪話，暫時沒有作聲。

只聽對方又以一種略帶激昂的聲吻說下去：「總之，那些可愛的人們，做了竊盜，卻還沒有承認的勇氣！而我呢，因為有勇氣，所以不妨當眾承認，我是一個不足掛齒的竊盜！」

他搖搖頭，不讓對方開口，又繼續發表他的強盜哲學：「我認為一個有勇氣的人，是一個可愛的人，一個可愛的人物所做的事，也是很有面子的事——」他用頑皮的神情提出他的結句：「而妳，為什麼常常反對我這有面子的工作呢？」

第八幕　木偶的家庭

「偏執狂！」這女子緊皺著她的眉尖，表示不愛聽。

「妳說偏執狂，這也有點像。」木偶說：「那個科西嘉島出身的砲兵皇帝，不也是有點偏執狂嗎？」

「我不愛聽你這偉大的議論，我只要把你這套觸眼睛的衣服脫下來。」這女子嬌嗔地走過來，準備再度解這木偶的瑪瑙鈕扣。

木偶急忙搖搖手，阻止對方溫柔的攻勢，他問：「小平呢？」

「看電影去了。」這女子退回鋼琴前的座位，伸手去翻曲譜。

「哪一家？」

「愛普盧。」

「為什麼讓他跑得那麼遠，誰陪他去的？」木偶顯露關心的樣子，吐掉了一口煙，他又問：「妳不是允許他，在星期三讓他去看嗎？」

「有汽車接送，有老劉帶領，你還急什麼？」這女子自顧自按著琴鍵，做出一種無秩序的叮咚聲響。

就在這個時候，有一個跳跳躍躍的腳步聲，隨著那鋼琴上的聲響，從門外跳進來，這腳步聲是一個小孩的步伐，這小小的角色還沒有登場，一陣爸爸、媽媽的呼聲，已先在門外送進來。

進來的那個小孩，跳躍到這女子的身前，把他的細軟的頭髮，在這女子身上摩擦了一下，他又旋轉身子，跳躍到這木偶的身前，喊了一聲「爸！」

那個大號木偶，把這「小皮諾丘」，順勢抱到膝上，丟掉了煙尾問：「為什麼今天又去看電影？」

「今天提早換電影，你不知道嗎？」這小皮諾丘以一種天真的眼光，看看那個老木偶，他又摸摸他的臉。

「戲好看嗎？」木偶問。

「交關好看。」小木偶答。說時，他閃動了一下他的小眼珠，他像想起了什麼似的說：「你說要把那個櫥窗裡的木人頭送給我，為什麼還沒有？」

「我一定給你。」木偶慈愛地說。

「幾時呢?幾時呢?」小皮諾丘連連地問，一面連連揉擦這木偶的胸膛。

這木偶似乎怕他木頭殼子裡的機器，被這小皮諾丘弄壞，他急忙捉住他的小手，說：「你別鬧，現在，你去問你媽，她已為你準備了什麼點心。」他把小皮諾丘從膝上輕輕放下來。

孩子又跳躍到那女子身前，那女子吻了他一下說：「張媽替你留著點心，趕快去吃吧。」

於是，這孩子便又提起他的皮諾丘的步伐，跳躍地走出去。

孩子離開以後，那個女子轉過頭來，以一種譴責的眼光，拋上這木偶的臉，她說：「孩子還沒有上學，你已讓他做了一次強盜的助手，這是你的好教育！」

「從一個出色的老強盜的手下，訓練出一個出色的小強盜來，這教育並不算壞。」木偶閃閃他的眼珠。

「這是你的高見嗎?」這女子在琴鍵上，叩出一個尖銳的聲音。

「妳的意思，只想把這孩子，造成一個紳士。但是，太太——」木偶搖動他的木腿。「您的意見，根本就錯誤。妳還以為紳士與強盜和流氓，有多麼大的距離嗎？」

「孩子是屬於我的，無論如何，我不能讓他學成你的鬼樣，」女子在琴鍵上，彈出一串do——ra——mi——fa——亂的聲音，她把那張椅子，猛然旋過來。

「那也好，但是，太太，將來也許妳要懊悔，讓這孩子放棄了這一個自由愉快的職業。」

「不用你管！」

女子說到這裡，顯然真的有點生氣，她站起來，又譏刺地責問這木偶：「孩子去看一次電影，就說路遠路近，不放心。聽說那一天，你讓他獨自一人，留在車馬紛紛的馬路上，這就很放心！好一個模範的爸爸，別再假惺惺吧！」

木偶幽默地望望他這女伴，卻幽默地學舌說：「那也有張媽帶領，也有汽車接送，還有許多人，在暗中監護。並且，這事情也早已過去，妳還急什麼？」

「那一天，不知道你們玩了一些什麼把戲？我還完全不知道，我也想向你請教請教咧。」這女子的口氣，和緩了一點。

「小姐，妳常常肯虛心請教，這就是你的學問在長進啦。」

木偶聽他的女伴，詢問他過去表演的戲劇，他的木頭臉上，頓時增添了許多表情。他得意的木腿，像開足了發條那樣地搖動。他又燃上一支紙煙，悠悠然噴起來。於是，他把如何在那西裝成衣店裡，預設那個卓別林式的木偶，如何指使小平有心引逗那位大偵探，去參觀木頭人的跳舞。在當夜他如何讓他的部下老孟，扮成第一個木頭人的樣子，有心送進這位大偵探的眼簾內，讓他驚疑不止。他又如何預料，大偵探在第二天上，一定再要專誠去拜訪那家成衣店，於是，他如何在那玻璃櫥窗裡，安設下另外一個返老還童的漂亮木頭人，同時，他自己又如何扮成第二個漂亮木頭人的樣子，如何再度有心送進那位大偵探的驚奇的眼光裡。連下來他自己又如何在那大商場中，有心兜著圈子，有心露著驚慌，有心讓這大偵探來跟蹤。再連下來，他如何又用了種種方法，讓這大偵探安心不疑，一直追進三百〇九號的房間，竟會伸出他的手指，愉快地拍到了一個不裝機械的真木頭人的肩膀上。最後，他一直說到，自己那時候，如何在一口大衣櫥的邊上輕輕走出來，如何用很溫和的方法，繳下了那位大偵探的械！

這木偶一口氣背誦著他的得意傑作，他越說越感到起勁，得意的唾沫，飛濺滿他的木臉。接著他又做如下的補充：「我這一個傑作，喂！小姐，請妳批評，指教，妳有什麼感想？」

但是，他又不讓對方提出意見，他自己就接下去說：「總而言之，我這一個策略，是抄襲『定軍山』裡老黃忠所用的陳舊策略，我的方法只是殺一陣，敗一陣，殺一陣，敗一陣，敵人處處堅信我在『彎轉鼻尖』，在『短縮戰線』，在『移轉陣地』，在實行『有計畫的安全撤退』，務要使他堅信不疑，然後出其不意，展開我的閃電式反攻，讓敵人好中我的『拖刀計』！」

那個女子聽到這裡，忍不住嫣然失笑。但是她說：「我聽說那個大偵探，他是化過妝的，最初，你怎樣識出他的真面目呢？」

「大偵探的化妝，的確非常神妙！但是不幸，有一位近代的宣傳家，在他門口，高喊『最後勝利』的口號，於是他策略上的偽裝，完全失了效用。」

「你讓小平在半路上，守候那位大偵探，萬一他沒步行而來呢？」

「那麼，我們預伏在他門口的第五縱隊，將要婉轉請求他，乘坐預等在他門口的人力車，而把他拉到我們所預定的地點來。」

「萬一，他雖步行而並不向那條路上走來呢？」

「那麼，我們的第五縱隊，自然另有方法，勸他接受我們的要求。」

「萬一，那位大偵探，完全不踏進你們預訂的計畫呢？」

「那麼——」木偶頓了頓說：「那麼，我們這個預訂計畫，算是完全失敗啦——但是，妳必須知道，我們的計策，當然不止只有一個，是不是？」

「照你這樣說來，你這計畫，可算是十面埋伏，面面俱到了。」這女子以一半讚美一半譏刺的眼光，看著這個木偶，她說：「你這大作，結構，布局，都很縝密，如果你一旦放棄了你的『自由職業』，你倒很有做成一個所謂『有天才』高貴的偵探小說家的可能呀。」

「感謝妳的讚賞！」木偶說：「但是，我真不明白，妳為什麼要用這種最下賤的職業來抬舉我。」

「把文人的比喻來抬舉你，你還說是下賤嗎？」

「一個文人三個月的收入，不能讓舞女換一雙襪！你看，這是一個高貴的職業嗎？」木偶冷峭地回答：「如果我有一天，我不能再維持我這愉快而光榮的業務，我寧可讓妳到舞場裡去『候教』，我也不能接受文人的職業！」

「你不懂得『清高』，無論如何，這是大作家啊！」

「大作家！哼！」木偶聳聳他的木肩說：「在蔬菜市的磅秤上，我還不曾看見這種東西啊！」

這裡，這木偶和他的女伴，鬥著這種消遣性的口舌，談話至此，碰住了牛角尖，已沒有方法再進行。一時，這女子走近木偶身前，溫柔地伸出雙手，握著這木偶的肩膀，她又把話題，拉回最初的方向，她說：「達令，我們不要再多說廢話，來，讓我把你這難看的衣服換下來。」

木偶再度以彈性的防禦，微笑著躲避對方的動作，他說：「我請求妳，再寬容二十四小時的時間，我將自動地向你豎降旗。」

「真奇怪！穿上這種衣服，會舒服嗎？萬一被人家看見——」這女子皺皺眉，露出擔憂的樣子，她並沒有說完她的話。

「妳的憂慮是多餘的。」木偶顯示滿面的驕傲，他高聲說：「我相信全上海的警探，即使把地球翻過來，他們也無法找到我！」

木偶說時，他像忽然想起了一件什麼事情，他拋掉煙，興奮地站起來，急步走到牆壁間去，要看那個日曆，他銳聲喚喊：「啊！我忘了！今天是星期一，正是那古畫展覽會揭幕的日子哪！」

那女子，不明白這木偶的呼喊的原因，她以含媚的眼珠，向他投射著疑問。

只聽這木偶繼續興奮地呼喊：「霍先生，你為什麼還不來，我真惦記你！」

「如果你能馬上就來，那我馬上就可以把那張畫，雙手奉還給你！」他又這樣興奮而驕傲地說：「但是，如果你再不來，等我的手指，觸及這一頁殘餘的日曆，我很害怕，你的光榮的名譽，恐怕就要受到損害了！」

「哎！你為什麼還不來？你為什麼還沒有來？」

這木偶似乎並不吝惜汽油，只管開足了他的機器而這樣高喊！

「喂！先生！你憑什麼理由，會斷定我還沒有來呢？」

當這木偶剛要伸手觸及那頁殘餘的日曆時，一個破空而來的語聲，正嚴冷地從這憩坐室的某一個角落傳送過來！

第八幕　木偶的家庭

第九幕　木偶向對方致敬

這飛來的語聲，好像在木偶耳邊，拋了一顆炸彈。

他慌忙轉過身來，向那面臨花圃的窗外一看，只見花圃裡面，有幾叢嬌豔的小花，正向他淺笑，裡面並無人影。

他再急遽地回眸，向門外一看，只見門口處，有兩位陌生的來賓，正帶著一種嚴肅的微笑，冷靜地站在那裡。

在這最短促的瞬間，室中的一男一女，完全呆怔！雖是絕短的幾秒鐘，可是在這木偶的感覺中，好像經過了一世紀。

這裡在這兩位來賓身上，加上「陌生」兩字的字樣，好像有點錯誤。其實，他們在讀者眼內，完全都是熟人。這時，從那女子的目光中看出來，只見前面的那個人，穿著一套米色而帶條子紋的薄花呢西裝，這西裝具有筆挺的線條，看去好像剛從剪刀口裡逃出來。他的頭髮，梳得像打蠟地板一樣光亮；有一陣撲鼻的香氣，不知從他頭上，還是從他身上，正由空氣傳送過來。而主要一點是，此人胸前，赫然拖著一條鮮明的紅領帶。

於是讀者要說：我們的確認識這個人，他不是別人，他正是高踞在漂亮玻璃窗裡致力宣傳工作的那個返老還童的木偶！

但是，你們又弄錯了！

我們的木偶，不是穿著大袍闊服，正在室內談話嗎？如何會有第二個木偶，又從門外走進來！

並且，這位不速之客，他和那張木偶的照片還有一點小小的不同：此人的臉上，架著一副新式太陽眼鏡，一雙銳利的眼珠，在黑玻璃中閃著光，顯出一種很機警的樣子。

再看第二個人，身上穿的也是西裝，但是後者所穿的一套，遠不及前者漂亮。有一點是相同的：這二位來賓，年齡都是一樣的輕，全是二十左右英俊的小夥子。加上室內的木偶，於是我們的戲臺上，一共有了三個年齡相等的男角。

這兩位一前一後靜悄悄地站在門口，手內各以其溫和的姿勢，執著一隻小口徑手槍！

槍口的路線，不經意地對著木偶的胸膛！

這黑色的小玩具，使我們這齣富於滑稽性的戲劇，增加了一點嚴厲的氛圍！房內的木偶，看到這個局勢，在最初一秒鐘內，他已了解他們所處的地位。如果說，我們的木偶，對於他的「光榮職業」，一向感覺很愉快；那麼，在眼前的一剎那，至少在一萬分的愉快之中卻已感到一分二分的不愉快！因此，他毫無表情的臉上，頓時泛出了一重灰白，同時他「非紳士式」的神情，也立刻反映到了他女伴的臉上。

但是第二瞬間，他的神情已由驚慌一變而為困惑，他不禁下意識地低聲呼喚：

「呀！霍先生！」

「不錯，是我！承蒙紀念，感激得很！」來賓中的第一個人，這樣悄然回答。

當這簡短而帶緊張性的談話在進行時，我們的木偶獲得了一個舒氣的機會，臉上的木質纖維，好像鬆弛了一點，因此，他的神氣，漸漸又恢復鎮靜。同時在鎮靜之中，也漸漸恢復了固有的頑皮。

他以外交家的禮貌，嬉笑地向這二位來賓擺手，好像招待親友一樣，擺出不勝歡迎的樣子——諸位當然記得，他的身上，是穿著這種「聞人們」在「證婚」「揭幕」時所穿的禮服，加上他的「做工」，又是文明戲式的「做工」。你們不難想像：此時他的狀貌，是如何的滑稽？

「啊，霍先生，包先生——」他微微鞠躬而歡呼：「真想不到，二位會光臨！」

他一面說，一面又擺手，招待這兩位來賓，請進屋子裡來。

二位來賓的原意，準備「隆重登場」，表演一種莊嚴的戲劇。意外的，對面這個配角，卻完全給予他們一個小丑式的配合，這使全劇的格調，未免受到破壞。於是「前方」的霍桑，不禁從黑玻璃中歪過眼梢，望望站左邊的夥伴，意思好像說：「進去，難道我們還怕他！」「後方」的包朗，把視線掠過霍桑的槍口而向自己的手槍看了一眼，他好像回答霍桑：「但是，我們必須留心！」二人交換過一種微妙的眼神之後，才昂昂然，挺胸走入室內。他們在屋子中心一張桃花心木的漂亮的小圓桌前，停住了凝重的步伐。

兩支手槍，依然指著原來的方向。

這時，舞臺上的三個男角，只聽到木偶一人的獨白，他在歡欣地高喊：「來人，趕快泡好茶，趕快把最上等的紙煙拿進來！」

他雖喊得這樣有勁，可是那靜悄悄的空氣，似乎有點懶惰，似乎並沒有傳達他的命令。

他又指著二位貴賓，向他的女伴介紹：「這是我們中國唯一的私家大偵探霍桑先生，這一位是包朗先生，想必妳對二位的光臨，一定極表歡迎的。」

他這有禮貌的介紹，事實上，那個女子卻已像一隻嚇呆的小鳥，完全沒有仔細聽他在叫嚷些什麼。

當這木偶獨自亂嚷的時候，那二位執著手槍而站在外交席上的貴賓，他們依然站在那裡，並沒有坐下來。

於是我們的木偶，又頑皮地說：「我知道兩位先生，一向很歡喜看外國電影的，在外國的偵探片中，有些混蛋們，喜歡在家具上面，玩上一些機關之類的東西，這真是愚蠢不過的玩意，我卻討厭這種事。」

霍桑脫下了他太陽眼鏡，向袋裡一塞。他以凶銳的眼光，向這木偶刺了一眼，他說：「先生，你也不要太高興！我們真要坐下來，和你談談哩！」

說完，他在木偶特地為他拉開的一張椅子上，靜靜地坐下來。

包朗向霍桑看看，意思好像說：「為什麼不乾脆辦我們的事？難道還要和這混蛋打一會兒 Bridge 再走嗎？」他雖這樣暗想，但是，他也局促地靠著這圓桌坐下。

兩支手槍，依然保持緊張的姿勢；其中包朗的一支，槍口略略帶偏，有意無意指著木偶身後的女子。這時，那個女子，卻已默然退坐在室隅的一張沙發裡面。她的眼珠，完全喪失了原有的活潑，她對包朗那支手槍，看得滿不在乎；但是，她卻十分關心著霍桑那支槍口的路線。

當時我們的木偶，他也面對著霍桑坐下來。他暫時停止了他的道白，只向霍桑打量。也許，他的木頭胸膛裡，在找尋一個計畫，準備解除這尷尬的局勢。

於是霍桑找到一個發言的機會，他說：「先生，你為什麼只顧看著我？是不是在怪我，誤穿了你的新衣。」

第九幕　木偶向對方致敬

「絕不！絕不！」木偶笑笑說。

「你自然也不能怪我，因為，你把我的漂亮的衣服穿走了。」霍桑冷靜地這樣說。

「那天在三百〇九號裡，非常怠慢，要請霍先生原諒！」木偶說：「我想霍先生在我走後，一定到過那家成衣店裡去找過我。失於招待，抱歉之至！」

「我們當然知道，在一個拆毀了的籠子裡，絕不能找到一隻走失了的猢猻。但是，我們不妨再去看看，也許可以——」

「——找到一個線索，是不是？」木偶接口：「不知道霍先生親自鑽進我們的籠子，有沒有獲得什麼結果？」

「結果！你自己當然知道的！不過，我還得要謝謝那位馬路上的小朋友。他是令郎吧？」

「為什麼？」

「感謝那位小朋友，把尊寓的地點告訴我，讓我好來拜訪。」

「什麼？他把地點告訴你！」木偶幾乎要跳起來。

沙發上的女子睜大了眼！

這裡默默無語的包朗，同樣凝眸望著霍桑，似乎他也不明白，這是怎麼一回事？

只聽得霍桑說道：「世上的事情，也許真的有些因果律。你讓你那位小同盟者，替你造成了一次勝利；然而你也讓他替你造成了一次失敗。你感覺到我所說的話，有些奇怪嗎？要不要讓我把細節告訴你？」

「請教！」木偶的眼珠充滿了驚奇。

「那一天，承蒙那位小朋友，在半路上，招待我們去參觀你的照片，結果，我是大大地上了一次當！」霍桑以一種得意的神色，開始敘述他的失敗史。

木偶臉上，露著一些抱歉的微笑。

「在事後，我當然已看破了那個西洋鏡的內容。」霍桑繼續說：「第一點，我覺得那小孩子的眼神，和你有點相像。因此我的第一個假定：就假定那個孩子，他是令郎——我的假定對不對？」

霍桑說時，順便以一個拋物線的眼光，拋向木偶背後的沙發上，只見那個女子，雙眉皺得很緊，對於木偶的背影，顯露一種幽怨的神情。

「很聰明！」木偶看看霍桑，讚美地說。

「第二點，事後我又想起了那個孩子所訴說的幾句話。」霍桑接下去說：「記得他說，那個櫥窗裡的木頭人，很像一部影片中的壞蛋。他還說，那部電影分為上下集，在星期三要換電影，他就要去看。我從這孩子天真的談話裡面，發現了他愛看電影的習慣。」

木偶很注意地傾聽下文。

「那個孩子還告訴我，電影裡的壞蛋，已經上當跌進了水牢。不錯，在他的小小的心目中，那個壞蛋，的確已經跌進一個很巧妙的水牢了——那是先生的教育成果呀！」霍桑聳聳肩膀，得意地補充。

「請說下去。」木偶說。

「事後我推想，那個可愛的孩子，雖因你的主使，讓我去參觀了一下櫥窗裡的把戲。但是我想，他所告訴我關於看電影的話，你並沒有指導他的必要，那當然是真話——我很喜歡這個孩子，我喜歡他的天真。」

「之後怎麼樣？」木偶緊張地追問。

「之後嗎？」霍桑故意慢吞吞地：「我就依著這條線索，親自去打聽：『最近在哪一家戲院所放映的電影裡，有一個壞蛋，和站在櫥窗裡的傢伙有點像？還有那部電影，是不是分為上下集？是不是要在星期三換電影？』結果，我在一家電影院裡，果然找到了我所要找的答案：那就是愛普盧。這種探問當然很不費事。這倒並不像你那樣製造你的傑作那樣，是要耗費許多力氣的！」

木偶聽到這裡，不禁略略旋轉他木製的頭腦，向他女伴看了一眼，他聽對面的大偵探，繼續把他的得意事件背下去：「於是，我就專誠去到愛普盧的門前，守候我們的小朋友。我這樣想，運氣好些，說不定還可以在那邊遇見你。主要是，我要感謝那家電影院的經理，他居然允許我，提早一些換電影，這使我的守候工夫，總算沒有白費。否則，你也正在惦念我，豈不要重勞你的盼望？」

霍桑越說越覺得意，因為得意，他不禁想起了他得意的恩物——白金龍。他伸手到租借來的衣袋裡，摸到了他的煙匣。他單手取出了一支紙煙。但是，他另外一隻手，對於取火的工作，似乎感到不便。於是，木偶趁機把小圓桌上的一個火柴架子拿起來，擦一支火柴，恭敬地代霍桑燃上了火。這個時候，包朗的眼色，特別緊張，他密切監視那個不穩當的傢伙，不要讓他做出什麼不穩當的行動來！一面，他用一種微妙的眼色，也在警告他「並肩作戰」的同夥，好像在提示他：千萬不可太大意！

這裡霍桑已經坦然噴掉幾口煙。他倒不十分注意他同伴的警告。他自顧自提出得意的結論：「先生，你看我的方法，沒有出於你的意外吧？」

「真是意想不到的神妙！」木偶不禁這樣呼喊。他的神氣，的確表示衷心的悅服。這時，如果不是看到對方雙手都沒有空，他幾乎要隔著桌子伸出手去，和對方緊握一下而表示他的欽佩！但是，他雖沒有握手，卻還在歡呼：「霍先生，你太聰明了！我相信，即使我們的福爾摩斯先生，從防空壕裡鑽出來，一定也要向你表示欽佩了！」

第十幕　木偶的焦土政策

第十幕　木偶的焦土政策

於是我們這個小小的舞臺上，顯示了一個相當微妙的局勢：木偶和霍桑，越談越見親密。二人之間，差不多完全建立了一種友好的精神。如果沒有二柄黑色的玩具，從中作祟，幾乎要使人家誤認這是一對最知己的朋友，正在舉行一個星期下午的閒談。但是，也許他們的關係，正靠著那個黑色玩具而維持著。誰知道呢？

例外的是室內其餘兩個人，那個女子，她像一頭受凍的麻雀，蜷縮在那沙發的一角，她失神的眼珠，一直提心吊膽，看著木偶對面那支槍。每一秒鐘過去，她鬢邊的汗珠，一陣陣地沁出來！

還有包朗，自從走進這憩坐室的門，一直好像一個初進學校的小學生，他感到他的手足，沒有地方可以安放。他一面靜聽對方微妙的談話，一面不安穩的腳，不時在圓桌底下躊躇。有一次，他把他的腳尖，重重踏到了霍桑的腳背上，幾乎要使霍桑跳起來，於是，霍桑拋掉煙尾，伸手看看手錶。他恍然省悟似地說：「喂！先生，我已經把我要說的話，全部都告訴你，是不是？」

「不錯，霍先生。」木偶靜靜地回答。

「記得我在初進門的時候，你曾提出你的諾言。你說，如果我能早一點來拜訪，你就把那幅親自領走的畫，雙手交還給我。是不是這樣？」

木偶依然靜悄悄地說：「但是——」

「但是怎麼樣？」這「但是」兩個字，立刻引起霍桑的焦躁，他把手內的手槍尖，略略移動了一下而這樣問。

「但是霍先生，你是一個明亮人。」木偶慢慢吞吞地說：「你當然明鑑，我能拿到那幅畫，並不是不費一點本錢的。我們從『體恤商艱』四個字上說，應該總有一些『商量』的。」

「難道你，還有什麼話說？」霍桑開始有點焦躁。

「我當然想說幾句話。就算我是坐在康比涅森林的鐵篷車內，我想，你也不能不留一點談話的餘地給我吧！」木偶閃著眼珠回答。

「怎麼？你還預備提出條件嗎？」霍桑真的擺出了一九一八年福熙大將的態度；「我限你三分鐘的時間，拿出那幅畫來，跟我走！」

第十幕　木偶的焦土政策

他說完，就站起來，把那支槍口，向前移動三寸。

包朗也以被牽線的姿態，隨著同伴緊張的動作而緊張地站起來。

木偶看著對方這個進攻的形勢，他緊閉起一隻眼睛，向霍桑的槍口，擺出一種小孩照西洋鏡的樣子。他說：「我有一個建議，向二位提出。」他又歪眼看看包朗：「在使用手槍之前，最好檢查一下保險門，看看有沒有開好，否則，臨時恐怕要上當。」

「我們手裡既然拿著紙牌，我們當然懂得玩紙牌的方法。」

霍桑說著，驀地，他把槍口指向木偶的頭顱：「你以為我不會開槍！」

「哎呀！」在這突然緊張的空氣之中，忽有一個尖銳的呼聲，起於木偶的身後。室內三個男主角的視線，不約而同，集中於同一隅。只見木偶背後那個女子，已從沙發裡面直站起來，她的臉色完全慘白，好像一座石刻聖瑪利亞的樣子！

本來，我們的木偶，有說有笑，始終保持頑皮的作風，可是那女主角的動人表情，卻使他的紳士態度，受到了一點小小的影響。霍桑把槍口退後一些，偷眼向他看著，只見他的額上，有一點小量的汗珠，在漸漸沁出來。

霍桑獰笑地想：「好啊！我老早準備把一條新的手帕借給你，讓你可以揍揍你的香汗呢！」

霍桑正想時，木偶和他的女伴交換了眼色，彷彿把一封安撫的電報，輕輕遞送了過去。於是他又看看霍桑：「我知道霍先生的槍法很準，要不要把我的頭顱，權充一下槍靶？」

他伸手指指自己的額角，順便抹掉一點汗液，又恢復了頑皮的聲音：「不過要請

霍先生，把槍瞄得準些，不要錯打在一個佛像的頭顱上！」

「你這話是什麼意思？」霍桑不得不瞪出了眼珠而發問。他知道這個魔鬼的話，

必然有些不可測的意思。

「請你暫且坐下，好不好呢？」木偶說：「在討論軍事的圓桌上，用手槍解決一

切，我想，那是不會有什麼結果的！」

霍桑看看他。終究悵惘地坐下——不過他並不曾放下他的武器。

這裡包朗也被牽線似地呆呆坐下來——一副勝利的紙牌當然緊握不放。

那個女子，也退坐到沙發一隅，下意識地掠著鬢髮，呆望著這三個神情各異的男主角。

只聽木偶說下去道：「有一件小東西，我想請霍先生注意一下。你看，在這小圓桌的邊上，裝有一個特別電鈕，我只要輕輕按一下，就可以和樓上的夥伴們互通消息——」

木偶說到這裡，閃閃眼珠，並不說下去。

霍桑不明白這木偶的意思。他姑且依著他的指示，視線掠到圓桌邊緣上。只見桌邊刻著一些精細的花紋，在花紋中間，有幾個凸起的東西，像是花蕊的樣子，看上去，可能暗藏著一個電鈕。

霍桑再把難擾的目光送回木偶的臉。於是木偶又說：「霍先生已經看見這個東西了。我再告訴你，譬如我把這個電鈕，按一下短聲，那是一個警戒的警報；按得長一些，那就算是緊急的警報——方才我在拉椅子的時候，我曾在這桌子邊上，一連按了兩下，這就是通知樓上的夥伴：如果聽到樓下有什麼動靜——譬如聽到槍聲之類——不妨把那張畫，馬上就給撕碎，絕對不需要考慮！」

霍桑聽得呆了，呼吸有點異樣——他準備出借的手帕，大有留供自用的趨向。

木偶仍冷靜地說下去：「當強盜是一種太危險的事！一個稍有腦筋的人既然幹著這種危險的生活，當然隨時隨地，會有一些必要的準備，你說是不是？」

說到這裡，他突然高聲提出他最後的問句：「喂！霍先生，你要不要看看莫斯科的焦土政策呢？」

霍桑聽完這話，眼珠轉了一下，驀地，他像一頭老虎那樣跳躍起來！他向他的同伴厲聲說：「包朗！你監視這兩個人！」說完，他調轉身子，旋風一般往門外就走！

他猛聽到背後那個木偶在用一種極度嚴重的語聲向他大喝：「站住！傻子！當心你的腳步，踏壞了那幅佛像！」

第十一幕　再會吧！木偶！

舞臺上的局勢，由平靜進入高潮，復由高潮漸轉平靜。

因為，木偶這種嚴重的警告，終於又把霍桑急促的腳步強拉回來。由於霍桑看到木偶的眼光，露著一種凶銳的神情，他覺得這可惡的東西，所說的話，未必全是假話。自己匆匆上樓，萬一樓上那些無腦子的傢伙，真的實行了所謂「焦土政策」，這並不是一件十分有趣的事！在無可奈何的情形之下，霍桑只能重返「圓桌會議」，繼續以外交方式，重新和這木偶協商「互惠條約」。

木偶所提出的條件，是把屋中人全部的自由，交換那張唐代的名畫。

但是霍桑卻不能接受這個要求，他說：「在這屋子外面，已包圍著大隊的警探，本人無權單獨簽訂那張條約——」他最大的讓步，只能放走一些不重要的人。雙方各執一端，這小組會議，便陷入一個僵持的局面。

於是木偶伸伸手，表示一種絕望的態度。他說：「那只能隨便你！我想我在被捕以後，我的罪名還不至於踏上西炮臺。但是，你的那張畫呢？撕毀之後，不知是否還能拼湊起來？」

他又感慨地說：「戰爭雖然殘酷，無論如何，總不該把千百年前流傳下來的文物，輕輕加以毀壞！」

甚至最後，他還向對方提出一種恐嚇，他說：「再不解決這個僵局，我將立刻發出信號，讓樓上採取『必要的措施』！」

這使霍桑想起他在三百四十九號房內所提供的保證，當時，他曾向那個神經衰弱的收藏家，輕描淡寫地說：「那張畫，是你的生命，也是我的名譽，我不會讓人家把我的名譽劫掠了去。」

而現在，如果他再伸手拍上這木偶的肩膀呢……

想到這裡，我們這位可憐的戰勝者，終究只能嘆出一口無聲的冷氣。

於是，那個會議上的協定，終於在這微妙的局勢下宣告成立。

於是，我們這個舞臺上的戲劇，也終於在這微妙的局勢之下告一段落。

天大的事情，似乎都已不了了之。不過，這裡還有一點小小的情節，我們必須在說明書上，加以補充說明：

第一點，在前述的「圓桌會議」上，這戲中的兩大主角，都曾說過一些謊話，讓他們的對手方，上過一點小當。說謊，原是不足為訓的事。所以筆者在可能範圍中，必須拆穿這西洋鏡以警戒他們的未來。

先說關於霍先生方面的謊話。當時他曾告訴木偶說：「在他的屋子之外，已有大隊警探，造成一座『大西洋圍牆』，本人無權加以釋放雲雲。」這些話，聽聽相當嚇人，而事實上，這些嚇人的話，目的也只在嚇嚇人而已。霍桑為什麼不調動大隊援軍呢？理由頗為簡單。過去，他對木偶的狡猾，領教過不止一次。這一回，他雖在愛普盧電影院門外，因發現小皮諾丘而找到了這木偶的居處。但是，他覺得大舉進攻，未必一定有成功的把握，萬一大舉進攻而仍舊不獲成功，這於他的尊嚴上，是一種損害。因此，他寧可只帶一個「隨身的小包」，而姑作一次「探試性」的奇襲。

可是，那個木偶卻被這種毫無實際的大話嚇了一跳。

當時木偶在離室遁逃之前，因著霍桑的大話，曾使他的木腦殼裡，耗費了許多木屑。他曾想出許多預防的計畫，以防萬一。當時他那提心吊膽的狀況，假使讓霍桑看到，那一定非常得意，而要把許多新的手帕，借給他去抹抹香汗。

然而我們這個可憐的木偶，他是上了大當！

不過你們別以為大偵探已完全獲得外交上的勝利——關於木偶方面，他也有一點小小的傑作。

記得嗎？木偶在談判席上，他曾告訴霍桑：「說什麼——他在小圓桌上裝有電鈕；他的樓上另有黨羽；他一按電鈕，就是發警報，樓上接到警報，馬上就會撕碎那張畫。」凡此種種驚人的言論，你以為都是真的嗎？老實告訴你吧！這些話，連一絲影蹤都是沒有的！

本來，我們的霍先生，他已真的找到一個「伸手拍到木偶肩膀上」的機會。然而，他竟因這「毫無影蹤」的話而放棄了。他這一當，上得不算小！

你看，我們這些外交家的煙幕，放得何等離奇而出色？

其實，凡是外交家們所放的煙幕，沒有不離奇而出色的！

除了上述事件以外，還有一點，我們也得加以補充說明：那張吳道子的名畫，雖經霍桑費了相當的力量，從木偶手裡爭奪回來，但是，它在展覽會裡開始張掛，卻已延遲了一天。直到星期二，才給予好古者細細欣賞的機會。

至於那幅唐代的傑作，究竟是幅怎樣的傑作？這在前文，始終不曾提供較詳細的說明。現在筆尖，還沒有十分疲倦的時候，不妨簡略地介紹一下：

那幅畫，畫的是「釋迦牟尼世尊，在菩提樹下，夜睹明星，忽而悟道」的事蹟。這幅畫的線條，色澤，是如何優美，深愧筆者不是一個畫家，無法詳細說明。主要的一點是，當時如果有人把那幅畫，細細地看一下，他們一定能夠發現，在這畫的一角，多出了一點東西：那是一方極小的圓章，刻著「魯平珍藏」四個字。這個圓章留在菩提樹的根上。粗心地看時，那是萬萬不會發覺的。

世上有許多事情，想想未免有些可笑：每一個收藏家們都喜歡把世上的一些崇高的藝術作品，設法據為己有；每一個收藏家們的心裡，都想把他們的收藏品，保留至一百年，一千年，甚至一萬年之久。由於這種卑劣的心理，遂使他們在暫時的占有物品上，必要留些可憐的手澤，如××珍藏的印章之類。可笑像魯平那樣一個處處抱著消遣態度的人物，他也不能免除這個調子。可是，你們曾看見哪一個收藏家，能把他們的占有品，保留到一千年與一萬年呢？

然而無論如何，我們可憐的小搗蛋，他終於把一個印章，魯莽地留在那幅畫裡了。

嚴格地說來，我們的木偶，在這一戲劇裡，他是完全失敗的。不過他的失敗，是失敗在一個舉世聞名的偉大人物手裡，雖然失敗，也還有些「失敗的光榮」。

至於最後勝利，當然屬於霍桑。不過霍桑在這齣戲劇的回憶中，似乎還有些遺憾的地方。因此他雖然勝利，卻也感到一點「勝利的悲哀」。

於是，我們這齣滑稽的戲劇，終於在「失敗的光榮」與「勝利的悲哀」的交響之下結束了。

第十一幕　再會吧！木偶！

木偶劇的閉幕詞

我一口氣看完我在二十年前記的故事，並草草加以修改，成為如上一篇東西（有些不符時勢的話，是後來添上的）。

我在這裡自行檢舉：我自己覺得這節故事，太不像一件實事，太像一個十字街頭上的連環圖畫；甚至，我在每一頁上，都嗅到一種煙火氣味，在透出紙背。

如果說：過去我所記的許多「吾友」的故事，都有一些不合理，那麼尤其這一個，更是不合理的一個。

如果有人問我：你這一個故事，到底是事實？還是謊話？

我告訴你，我的確無法提出一個肯定的答案。

也許在當時，我曾聽到一個關於霍先生的傳說，因此，我在年輕好弄的情緒之下，渲染成了這篇故事。

也許在當時，我正憶念我們的那位「神祕朋友」，因此，我太無聊的腦內，引起了如上的幻想。

總而言之，這到底是傳說，還是幻想？連我自己也已很模糊；因為，相隔的時間，實在太久了！

好在我所寫的，只是一齣木偶的戲劇，木偶，它是一個什麼東西呢？誰都知道，木偶者也，只是世間一種最沒有腦子的東西而已！一個最沒有腦子的東西，所演出的戲劇，必然會是最不合理，那是無需加以說明的。

你看，眼前世界上所流行的各種木偶戲，哪一種是比較合理的呢？

那麼，很好。閉幕了，再見！

國家圖書館出版品預行編目資料

木偶的戲劇：邏輯與智商的精采對決，幕後究竟是誰操弄一切？/ 孫了紅 著 . -- 第一版 . -- 臺北市：崧燁文化事業有限公司, 2023.10
面； 公分
POD 版
ISBN 978-626-357-602-5(平裝)
857.7 112013490

木偶的戲劇：邏輯與智商的精采對決，幕後究竟是誰操弄一切？

作　　者：孫了紅
發 行 人：黃振庭
出 版 者：崧燁文化事業有限公司
發 行 者：崧燁文化事業有限公司
E-mail：sonbookservice@gmail.com
粉 絲 頁：https://www.facebook.com/sonbookss/
網　　址：https://sonbook.net/
地　　址：台北市中正區重慶南路一段六十一號八樓 815 室
Rm. 815, 8F., No.61, Sec. 1, Chongqing S. Rd., Zhongzheng Dist., Taipei City 100, Taiwan
電　　話：(02) 2370-3310　　傳　　真：(02) 2388-1990
印　　刷：京峯數位服務有限公司
律師顧問：廣華律師事務所 張珮琦律師

定　　價： 220 元
發行日期： 2023 年 10 月第一版
◎本書以 POD 印製